KB045739

어머니

생각만 해도 가슴 저미는

어머니

RHK
알에이치코리아

이명박 전 대통령 어머니
故 채태원 여사(1909~1964)

가끔 그런 때가 있습니다.

자녀를 대하는 저의 모습에서

저희 어머니, 아버지의 모습을 발견합니다.

그럴 때면 부모는 자식을 말과 지식으로 가르치는 것이 아니라

자신들의 삶의 모습으로 가르치는 것이 아닌가 하는 생각을 합니다.

저희 가정은 가난했지만

사랑을 기초로 한 결속력이 매우 강했습니다.

요즘도 경제적인 이유로 가정이 파괴되는 경우를 많이 보는데,

부모가 경제적인 능력이 없으면

가정에서 권위를 세우기가 쉽지 않은 게 사실입니다.

저희 가정에서 부모님 말씀은 곧 법과도 같았습니다.

돈을 잘 벌지 못한다는 것 이외에는

삶의 모습이 흠잡을 데 없이 반듯하고 곧았기에

승복할 수 있었는지도 모릅니다.

어떤 이유인지는 정확하게 기억나지 않습니다.

아버지께서 너무 화가 나셔서

우리 형제들을 벌세우신 때가 있었습니다.
형님들은 높이 든 두 손 위에 무거운 것을 하나씩 얹고 있어야 했고,
저는 다행히 막내라 두 손을 번쩍 드는 것으로
안도의 숨을 내쉬며 벌을 받고 있었지요.

한참 시간이 흘러 팔에 감각이 점점 없어질 무렵,
어머니께서 아버지에게 나지막한 소리로
"여보 이제 그만하세요,
잘 먹이지도 못하는 아이들인데…" 하며 설득하셨습니다.
아버지는 저희가 진정으로 잘못을 뉘우칠 때까지
고집을 꺾지 않으셨습니다.
저도 한때 가출을 하고 싶은 유혹을 느꼈던 시기도 있었지만,
다시 마음을 바로잡을 수 있었던 것은
이렇게 가정의 구심력이 강했기 때문입니다.

부모님 교육의 힘이
위기와 난관에 부딪힐 때마다 밖으로 튀어나가려는 원심력보다
컸던 것이지요.

비록 많이 배우지 못하셨고 하루 벌어 하루 사는 형편이었지만,
"지금은 우리가 어려워도 자식들을 반듯하게 키우면
다음 대에 가서는 틀림없이 일어설 수 있을 것이다.
그렇지 않으면 다음 대에도 우리 집안은 여전히 희망이 없다." 하는

믿음을 실천하셨습니다.

자녀에게 가장 큰 영향을 주는 것은 결국 부모의 교육입니다.

자녀는 부모가 베푸는 물질과 학교 교육을 통해서만
양육되고 자라는 것이 아니라
부모의 살아가는 모습을 보며 성숙한다는 것
저도 부모님에게 배워 실천하고 있습니다.

처음 《어머니》를 낸 것은 2007년이니 꼭 10년 전입니다.

어머니는 매일 새벽 하루도 빠짐없이
우리 사회와 나라, 그리고 이웃과 가족을 위해 기도를 드리셨습니다.
자식들 공부시키고 어려운 살림을 꾸리느라 고생만 하시다가
제가 6·3 민주화운동 주동 혐의로 옥살이를 하고 나온 뒤
약 한 달여 지나 돌아가셨습니다.

살면서 힘든 고비가 많았고 극단적인 생각을 안 한 것은 아니지만
"참고 견디면 이다음에 잘 될 거다." 하셨던 어머니 말씀이
늘 뇌리에서 떠나지 않았습니다.

어머니의 기도 덕분인지 나와 내 가족만이 잘 사는 것이 아니라
글로벌 기업의 CEO가 되어 세계를 누비며 일했고

국제도시 서울의 CEO 시장이 되었으며
대통령으로서 대한민국을 경영하는 큰 책임도 맡았습니다.

퇴임 후 부모님 산소에 찾아가 인사드리면서
《어머니》 책을 다시 정리해야겠다 생각했습니다.
조금 늦어졌지만 어머니를 추억하며 한 자 한 자 다시 손봤습니다.

또 다시 《어머니》를 내며 갖는 소망은
오늘 이 어려운 세상을 살아내야 하는 젊은이들이
이 책을 통해 부모님에 대해, 가족에 대해,
그리고 내가 살아가는 이 사회에 대해
다시 한 번 생각하게 되었으면 하는 것입니다.

일자리 때문에 좌절하는 청년들을 보면서
"실망하지 말라고, 실망할 수 있지만 좌절해선 안 된다."는 말을
꼭 전하고 싶습니다.

이 말을 하면서도
치열하게 오늘을 살아내야 하는 청년들에게 미안한 마음을 갖습니다.
아마도 여러분은 그때와는 다르다고,
오늘의 우리를 이해하지 못하면 가만있으라고 항변할 수 있습니다.

그러나 나도 항변합니다.
삶의 진리는 천 년 전이나 지금이나 변함없이 통한다고.

저는 빗나갈 수밖에 없는 조건을 타고 났지만
어머니 덕분에 바로 설 수 있었습니다.
여러분 각자에게도 그것이 종교이든 스승이든 친구이든 가족이든
저에게 있어 어머니와 같은 한 줄기의 끈이 반드시 있다고 믿습니다.
그 질긴 끈을 찾아내 붙잡길 바랍니다.

2017. 3.

어머니 없이 맞는 첫 번째 봄

어김없이 꽃은 황홀하게 피어날 것이다.
봄만 되면 어디든 가리지 않고, 온갖 꽃이 그럴 것이다.
우리 어머니가 죽었든 말든 꽃은 전혀 상관 안 할 것이다.
어쩌면 잔인하게 더 찬란히 빛날 것이다.

추위에 움츠려 겨울을 보내면서도 나는 봄을 걱정하였다.
그 많은 꽃이 피어나면 나는 어떡하나?
그 환한 계절을 어떻게 겪어내나?
내 속은 절망적인 그리움과 회한으로 어두운데
세상천지는 온통 꽃으로 뒤덮이니… 나는 어떡하나?

봄도 오기 전부터 이미 나는 환영을 본다.
진달래꽃 덩어리 속에 반투명으로 서서
나를 향해 팔을 벌리고 있는 어머니!
아주 오래 전, 내가 겨우 서너 살일 때,
소풍 나간 봄 들녘에서 어머니는 팔을 벌리고 앉아 있었다.
환한 웃음으로 오로지 나를 바라보면서….
나는 뒤뚱거리면서, 심각한 얼굴로 집중해서
몸을 움직여 그 품을 향해 뛰어들고.

지난해에 숨을 거두신 나의 어머니.

예수님이 편재하듯이, 드디어 편재하신다.

모란 밭에, 백합 숲에, 소나무 속에 나는 하루에도 수십 가지

다른 배경으로 바꿔가면서 팔 벌리고 서서 나를 바라보는 어머니를 만난다.

2007. 3. 5

점선

* 김점선 화백은 안타깝게도 2009년 3월 22일 작고하셨습니다.
  2007년 초판 발행 시 서문을 그대로 싣습니다.

부모들이 자녀들에게 물려줄 것은
바로 바르게 살 수 있는 '정신'이다.
그 정신은 부모가 떠난 뒤에도 자녀들의 가슴속에 살아 숨 쉬며
힘겨운 순간마다 배터리와 나침반이 되어줄 것이다.
내가 그랬던 것처럼.

아버님 날 낳으시고 어머님 날 기르시니
두 분 곧 아니시면 이 몸이 살았을까.
하늘같은 은덕을 어디다가 갚사오리.

— 정철

Contents

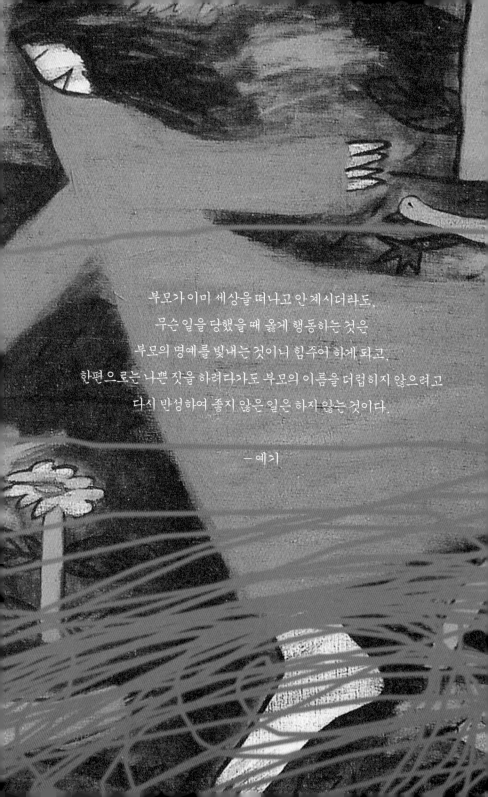

부모가 이미 세상을 떠나고 안계시더라도,
무슨 일을 당했을 때 옳게 행동하는 것은
부모의 명예를 빛내는 것이니 힘주어 하게 되고,
한편으로는 나쁜 짓을 하려다가도 부모의 이름을 더럽히지 않으려고
다시 반성하여 좋지 않은 일은 하지 않는 것이다.

— 예기

내가 참을 수 있는 이유

"이 집 막내아들은 어디서 주워 왔나? 왜 돌림자를 안 썼어?"

귀선, 상은, 상득, 귀애, 명박, 귀분, 상필
우리 칠 남매 이름을 아는 사람들은
종종 부모님께 이렇게 농을 걸었다.
소심했던 나는 이런 말을 들을 때마다
혹시나 하는 마음에 엉뚱한 상상을 하기도 하고
식구들 얼굴을 자세히 살펴보며 닮은 점을 찾으려고 애쓰기도 했다.
이런 고민을 중단한 것은 원래 내 이름과
지금의 이름을 짓게 된 사연을 알게 되고 나서다.

내 이름은 원래 상경(相京)이었다.
지금도 족보에는 '명박'이 아니라 '상경'이다.
아버지는 내가 태어나기 전에 아들을 낳으면
돌림자를 따라야 한다며 미리 이름을 지어놓으셨다.

이름이 바뀌게 된 것은 어머니 때문이었다.
어머니는 밝은 보름달이 치마폭에 쏘옥 안기는 꿈을 꾼 후
아이 가진 것을 알게 되었다고 한다.
그 달빛은 너무도 환해 멀리까지 밝게 비췄다고 한다.

그 꿈을 꾼 뒤 어머니는
돌림자를 쓰기보다 태몽과 관련된 이름을 짓기 원하셨다.
아버지를 계속 설득했고,
결국 족보에는 '상경'이라 올리되
호적에는 밝을 '명(明)', 넓을 '박(博)'자를 쓴 '명박'을 올리게 되었다.

어머니로부터 태몽에 얽힌 사연을 듣고 난 뒤
돌림자를 쓰지 않은 데 대한 궁금증은 사라졌다.
부모님이 고심 끝에 지어주신 내 이름을 소중히 여기게 되었다.

2007년 대통령 후보 경선을 치르면서
한동안 잊고 있던 이름에 대한 고민을 다시 떠올리게 하는 일이 있었다.

내 이름이 일본식 이름이고
내 어머니가 일본인이라는 괴담이 돈다는 사실을 알았을 때 참담했다.

그러나 세상에 떠도는 이야기에 대해 아무런 대응도 하지 않았다.
이유는 단 하나, 분노가 치밀어 참기 힘들 때마다
어머니 말씀이 귓전을 울렸기 때문이다.

고등학교를 다닐 때다.
당시 야간 학생들과 주간 학생들 간 충돌이 잦았다.
싸움의 발단은 늘 비슷했다.

"야, 학생도 아닌 주제에 왜 끼려고 들어?"

주간 학생들은 낮에 일하고 밤에 학교 다니는 우리들을
같은 학생으로 인정하지 않았다.
학교 안에서는 물론, 학교 밖이나 교회 학생회에서도
무시하고 끼워주려 하지 않았다.

"왜 이래, 우리도 너희들과 같은 학생이야!"

가정 형편 때문에 일하며 공부하는 것이
무시당할 일은 아니기에 그때마다 당당히 맞섰다.

돌아오는 건 야유와 주먹뿐이었다.
견디기 힘든 모욕과 설움에 상처받은 나에게
어머니는 이렇게 말씀하셨다.

"명박아, 세상을 살다보면 이보다 더한 일도 참아내야 한다.
참는 것이 이기는 것이다."

만일 그때 어머니가 "사내가 맞고 다녀선 안 된다." 하셨더라면
나는 싸움꾼이 되었을지도 모른다.

어머니는 주먹 싸움에서 이기는 대신
인생에서 이기는 법을 가르쳐주셨다.

한국 정치 현실에서 어이없고 황당한,
때로는 가슴이 무너질 정도로 억울한 네거티브 정치공세를 당하면서도
맞대응하지 않고 참고 견딜 수 있었던 것은
어머니로부터 배운 인내 덕분이었다.

어머니 1

나중에 돈 벌면
고운 새 옷 한 벌 사드려야지

나중에 취직하면
맛난 거 사드려야지

나중에 부자 되면
비행기 태워드려야지

그때는 몰랐다
나중에는 어머니가 없다는 걸

'주먹'의 변신

시골 야간학교에는 다양한 사람들이 모인다.
나처럼 형편이 어려워 낮에 일하고 밤에 공부하는 학생이 대부분이지만
뒤늦게 학업을 시작한 늦깎이 학생,
제때 졸업 못한 동네 주먹들도 간혹 섞여 있었다.

우리 반에도 주먹깨나 쓰는 친구들이 있었다.
문제는 학교에 왔으면 공부를 해야 하는데,
다른 학생들까지 공부를 못하게 하니 골치였다.

가장 고약한 일은 발전기에 모래를 뿌리는 것이었다.
당시 학교는 발전기를 돌려 전기를 켰는데,
공부하기 싫으면 발전기에 슬쩍 모래를 뿌렸다.
그러잖아도 성능이 시원찮은 발전기는 멈추기 일쑤였다.

야간 학교에서 불이 꺼지면 수업을 중단할 수밖에 없다.
일주일에 한두 번은 그런 일이 반복되었다.

친구들은 겁이 나 선생님께 말도 못하고
선생님도 이상하다 하시면서도 원인을 밝혀내지 않으셨다.

새 학기가 시작되었을 때 나는 선생님을 찾아갔다.
학급 반장을 뽑을 때
주먹 쓰는 친구들 중 우두머리를 추천하겠다 말씀드렸다.
깜짝 놀란 선생님은 말도 안 된다며 만류하셨다.
우리 반 학생 모두의 생각이라며 설득했다.

"수업에 흥미를 못 느끼는 것 같은데,
임원을 맡으면 책임감 갖고 잘 할 겁니다."

반장 투표 날, 나는 계획대로 그 친구를 추천했다.
미리 내 계획을 들은 친구들은 "재청!", "삼청!"을 외쳤다.
주먹으로는 일등이었지만 학급 반장은 생각도 못했던
그 친구는 놀라 움찔했다.

친구들이 추천하고 진지하게 권유하니
"그래 해보지 뭐." 했다.

반장이 되니 태도가 바뀌었다.
수업에 열심히 나오고 궂은일도 도맡아 해결했다.
발전기가 서는 일도 없어졌다.
혹여 얻어맞을까 눈치 보던 약자들도 해방되었다.

선생님은 "너 이렇게 될 줄 알고 그랬니?" 하며 신기해하셨다.
나는 그저 빙그레 웃었다.

믿음을 갖고 뜻대로 해라

부모님 임종 앞에서 모든 자식은 불효자가 된다.

1964년 12월 15일.
출소한 지 두 달이 채 지나지 않아 어머니는 눈을 감으셨다.
감옥에 간 막내아들 때문에 애태우며 병고를 견디시다
내가 출소하자 마음을 놓으신 것이다.
불효자의 눈물은 뜨거웠고 통곡은 서러웠다.

꽃다운 나이에 시집와 칠 남매를 낳고
평생을 길에서 힘들게 일하며 세월을 보내신 어머니.

어머니의 부재가 현실로 느껴진 것은
이듬해 7월 현대건설에 입사해서였다.

"나중에 돈 벌면 꼭 새 옷을 사드릴게요."

어린 시절 남루한 어머니 옷차림이 안쓰러워
수없이 약속했다.

막상 첫 월급을 받았을 때 어머니는 계시지 않았다.
'조금만 더 사셨더라면, 7개월만 더 사셨더라도…'
그 한(恨)은 아직도 내 가슴에 사무친다.

돌아가시기 전 어머니는 내게 글을 남겨놓으셨다.
죽음을 예감하고
혹여 막내를 보지 못하고 갈 것이 염려되어 남기신 것이다.

"…명박아, 나는 너를 믿는다.
무엇이든지 네가 원하는 대로 될 수 있을 것이다.
소신을 갖고 살아라. 항상 정직하고 용기를 잃지 마라…."

나는 목 놓아 울었다.

글씨 쓸 힘조차 남아 있지 않은 상황에서도
힘없는 손으로 한 자 한 자 또박또박 쓰시며
자식 걱정 하셨다는 게 가슴에 사무쳐서,
마지막 순간마저 당신을 위해 쓰지 않은 어머니가 원망스러워서,
가슴 저 아래에서부터 자꾸자꾸 눈물이 솟아올랐다.
마지막 순간까지 나를 신뢰하고 격려해주신 것이 감사했다.

어머니의 말씀이 다시 한 번 내 가슴을 울린 건
1998년 미국에 머물 때였다.

조지워싱턴 대학으로부터 객원연구원 초청을 받고
미국으로 향하는 내 발걸음은 가볍지만은 않았다.
정치 1번지 종로에서 어렵게 당선되었지만
임기를 다 마치지 못하고 떠나는 길이었기에 마음이 착잡했다.

다행히 나이 오십 넘어 하는 공부가 아주 신선했다.

오랜만에 보고 싶은 것, 알고 싶은 분야에 대해
마음껏 보고 경험하며 보람 있는 시간을 보냈다.

옛 생각도 많이 났다.
영덕, 흥해, 안강, 곡강…. 포항 인근 장터를 아버지 따라다니던 일,
성냥개비에 황을 붙여 팔던 일,
군부대 철조망 밖에서 김밥 팔던 일,
어머니와 풀빵 장사 하던 일,
여동생과 단둘이 포항에 남아 배고픔을 견디던 일,
이태원 시장에서 어머니는 생선을 팔고 나는 쓰레기 청소를 하던 일….

옛 생각은 늘 어머니가 돌아가시던 날에서 멈췄다.

"무엇이든지 네가 원하는 대로 될 수 있을 것이다.
소신을 갖고 살아라. 항상 정직하고 용기를 잃지 마라…."

어머니의 유언은 힘든 순간을 이겨내는 힘이 되었다.
살아 계신 동안뿐 아니라
다른 세상에서도 자식 걱정을 하고 계실 것 같은 어머니….

새끼가 굶어 죽을 지경에 이르면
자신의 신장을 쪼아 나오는 피로 새끼 생명을 살리는 펠리컨처럼
우리네 어머니들은 자식을 위해 모든 것을 바친다.
세상에서 가장 아름다운 단어는 바로 '어머니'가 아닐까.

한강에 뛰어들면 이 가난에서 벗어날 수 있을까

팔순을 바라보는 나이인데도, 아직도 찌르면 아픈 과거가 있다.
이젠 무뎌질 때도 됐는데,
그 시절을 생각하면 가슴 한끝이 저려온다.
도대체 시간이 얼마나 더 흘러야
그때 일을 아무렇지 않게 얘기할 수 있을까?

내가 고등학교 3학년이 됐을 때
풀빵 장사로는 도저히 형 학비도 댈 수 없어
부모님이 서울로 떠나시게 되었다.

어머니 말씀을 듣는 순간,
어쩌면 그 서울에 내 희망이 있을 것 같았다.
물론 가서도 형 뒷바라지를 해야 하겠지만
지금보다는 나을 거란 생각이 들었다.
어머니는 나와 여동생을 앉혀두고 이렇게 말씀하셨다.

"너희는 여기 남아 다니던 학교를 마치거라."

내 기대는 무너졌다.
부모님은 서울 가서 발붙일 자금이 필요했고,
나와 여동생은 포항에서 등이라도 붙이고 살 방 한 칸이 필요했다.
어머니는 장사 도구와 살던 집, 살림살이를 처분해
문간방 한 칸 마련해주시고 서울로 올라가셨다.

"서울 가더라도 쌀값은 보낼 테니 염려 말아라."

그러나 그것은 염려해야 할 일이었다.
어머니가 돈을 보내긴 하셨지만 액수가 턱없이 적었다.
나와 여동생은 어떻게든 쌀을 아끼려고 주로 죽을 끓여 먹었다.
말이 죽이지 거의 물에 가까워 후루룩 마시면 그만이었다.
자꾸자꾸 배가 고팠다. 아니 배가 아팠다.

세 끼 제대로 먹어도 돌아서면 배고플 나이에
수돗물로 배를 채운 날이 많았다.
겪어본 사람은 알 것이다.
수돗물로는 결코 배가 채워지지 않는다는 것을.

참다못한 동생이 말했다.

"오빠, 차라리 열흘 실컷 먹고 스무 날을 굶자.
너무 배가 고파. 이렇게 사는 건 정말 못하겠어."

동생은 눈물을 흘렸다.
나도 그러고 싶은 심정이었다.
매일 배고픔을 견디느니
배가 터질 듯 부르다는 게 뭔지 그 느낌이라도 알고 싶었다.
차마 그렇게 할 순 없었다.
여동생과 나 모두 굶어 죽어버릴 것 같았기 때문이다.

나는 폐지를 구해 봉투 30장을 만들었다.
그 안에 양식을 똑같이 나누어 담고,
하루에 한 봉지만 먹어야 한다고 단단히 일렀다.
동생 눈에 또다시 눈물이 그렁그렁했다.

"울지 마! 울면 더 배고프니까!"

동생에게 큰 소리 치고 돌아서서 가슴을 쳤다.
나중에 들었지만,
내가 그렇게 독하게 굴어서 동생은 가출까지 생각했었다고 한다.

나도 가출로 그 지긋지긋한 가난을 벗어날 수만 있다면
몇백 번이고 집을 나가고 싶었던 시절이었다.
하루에도 몇 번씩 다리에 힘이 풀리고 현기증이 났다.
그래도 야간 학교를 가기 전까지 산에 나무하러 가야 했고
길에서 행상을 해야 했다.

동생과 풀을 쑤어 하루 종일 봉투를 만들기도 했다.
신문지를 잘라 네모난 종이봉투를 100개 정도 만들면
밀가루 한 봉지를 겨우 살 수 있었다.
하루 한 끼 겨우 먹는 생활이 이어졌다.
이렇게 살아서 뭐 하나, 어린 나이에 그런 생각도 했다.

학기를 마치자마자 동생과 서울행 기차에 몸을 실었다.
졸업식에서 전체 수석에게 주는 재단이사장상을 받을 예정이었지만
그때까지 포항에 있을 수 없었다.
단 하루도 더 그 배고픔을 견딜 수 없어 서둘러 고향을 떠났다.

'서울에 가서 뭘 하더라도 여기보단 낫겠지.'

서울에서도 마찬가지였다.
막노동 일자리도 얻기 힘들었고, 포항에서처럼 배가 고팠다.
일자리를 얻지 못한 날은 하루 종일 거리를 서성였다.

출근하는 사람 보면 눈물 날 것 같아 땅만 보고 걸은 적도 있었다.

그런 날은 나도 모르게 발길이 한강으로 향했다.
출렁이는 물살을 보며
'이 물에 빠지면 지긋지긋한 현실을 벗어날 수 있지 않을까?' 생각했다.
그때마다 날 붙든 건,
아무리 힘들어도 삶을 포기하지 않았던 내 어머니였다.

'우리 어머니 자식인데,
어머니도 견디시는데 이렇게 나약하게 포기해선 안 되지.'

그렇게 내 마음 달래며 달려온 세월.
강인한 어머니는 나약한 내 마음을 늘 붙들고 계셨다.

흰쌀밥에 날계란 하나

"도대체 스무 살밖에 안 된 놈이 몸을 어떻게 굴렸기에 이 모양이야.
이런 몸으로 자원입대 하다니….
인마, 이런 몸은 군대에서도 안 받아줘!"

논산훈련소 입소 이후, 나는 신체검사에서 불합격 판정을 받았다.
정밀검사 결과를 보고 군의관은 혀를 내둘렀다.
어디 하나 정상인 곳이 없는 데다
결정적으로 기관지가 확장되어 있어
조금만 과로하면 열이 심해져 군 생활을 할 수 없다고 했다.

"전에 폐렴이나 폐결핵 앓은 적 있나?"
"없습니다."
"확실해? 모르고 지나간 것 아냐?"

단 한 번도 병원에 가본 적 없는 나는 할 말이 없었다.

오래전부터 기침이 심하고 열이 자주 나긴 했지만
감기라 생각하고 넘어가곤 했었다.

그길로 군대에서 쫓겨났다.
치료 받고 다시 오라는 말에
군 생활하며 치료를 받고 싶다고 사정했지만
군의관은 한마디로 잘라 말했다.

"인마, 군대가 무슨 요양원인 줄 알아?"

서울로 가는 기차에 몸을 실었을 때 막막했다.
사실 나는 자포자기 심정으로 군대에 자원했었다.

그 무렵 나는 지쳐 있었고, 전쟁 같은 내 삶이 고달파 힘겨웠다.
대학 등록금을 벌기 위해 얻은 일자리는 쉽지 않았다.
매일 새벽 4시에 일어나 시장 청소를 하고,

쓰레기를 이태원 시장에서 지금의 잠수대교 근처까지
리어카로 날라 버려야 했다.
많을 때는 대여섯 번은 반복해야 끝이 났다.
쓰레기를 산더미같이 싣고 오르막길과 내리막길을 오가며
나 자신과의 싸움에서 이기기 위해 이를 악물었다.

새벽부터 몸을 혹사하고 학교에 가면 졸음이 몰려왔다.
잠시라도 눈 붙일 수 있는 시간이 없었다.
공부에만 전념하는 친구들과 경쟁하려면
쉬는 시간조차도 아껴야 했다.

그때 가장 부러웠던 건 등록금 걱정 없이 공부하는 친구들이었다.
그들의 대학생활은 여유로워 보였고 활기가 넘쳐흘렀다.

그렇게 2년을 보내자 머릿속에는 온통 한 가지 생각뿐이었다.
'쉬고 싶다. 단 하루라도 이 고달픈 생활에서 벗어나고 싶다.'

내가 찾은 탈출구는 군대였다.
군대에 가면 적어도 등록금 걱정은 하지 않아도 된다는 생각에
하루라도 빨리 가고 싶다는 마음으로 자원했다.

그런데 남들 다 가는 군대조차 퇴짜를 맞은 것이다.
예상하지 못한 상황이었다.

어머니가 일하고 계신 시장으로 향했다.
저 멀리 물건 팔고 계신 어머니가 보였다.
발길이 떨어지지 않았다.
내가 잘못 해서 쫓겨난 것도 아닌데
죄인된 것 같은 마음을 떨쳐버릴 수 없었다.

어머니는 깜짝 놀라셨다.
군대 간 아들이 얼마 지나지 않아 바로 돌아왔으니 놀라시는 게 당연했다.
자초지종을 들은 어머니는 나를 덥석 끌어안고 울먹이셨다.

"미안하다, 명박아. 네 몸이 군대에도 못 갈 정도로 아픈 줄 몰랐다.
어릴 때 술지게미만 먹여 키워서 그런가 보다. 다 내 탓이다.
아플 때 약 한 첩 제대로 못 먹인 어미 탓이다.
어미가 잘못했다. 그 몸으로 새벽마다 리어카를 끌었다니…."
어머니는 더 이상 말을 잇지 못하고 한동안 울기만 하셨다.

그날 저녁, 어머니는 다른 식구들이 오기 전에 서둘러 밥을 지으셨다.
상 위에는 우리 식구가 1년에 한두 번 먹을까 말까 한 흰쌀밥과
날계란 하나가 놓여 있었다.
나는 갓 지은 쌀밥에 날계란 깨뜨려 비벼 먹는 걸 어려서부터 동경했다.

밥상을 앞에 놓고 나도 어머니도 울었다.
처음이자 마지막으로 본 어머니의 눈물이었다.
강철보다 더 강해 보였던 어머니의 눈물은
회초리보다 아팠고,
배고픔보다 서러웠다.

풀빵 냄새, 어머니 냄새

언젠가 인사동을 지나가다 풀빵 장수 앞에 멈춰 섰던 적이 있다.
풀빵 냄새를 맡고 있노라니
꼭 어머니 냄새를 맡는 듯했다.

하루 세 끼를 술지게미로 견디며
그 술기운에 눈과 볼이 벌겋게 되던 시절,
어머니는 길에서 풀빵 장사를 하셨다.
우리 오 남매 몸에서는 술지게미 냄새가 났고,
어머니 몸에서는 풀빵 냄새가 났다.

장사 나가실 때마다 짐이 한 가득이었다.
밀가루 반죽이 든 양철통, 팥 앙금, 빵틀과 호롱불까지.
그 무거운 짐이 인생의 짐처럼
어머니 어깨와 머리를 짓눌렀으리라.

하루 종일 풀빵 수백 개를 구우면서

정작 어머니는 드시지 않았다.
처음엔 아까워 그러신 줄 알았다.
하나라도 더 팔아 이윤을 남기고 싶으신 거겠지, 생각했다.

형 생일날 어머니가 풀빵을 품고 오셨다.
역시나 풀빵은 우리 오 남매의 머릿수만큼 이었다.
하나쯤은 드셔도 되지 않을까.
어머니께 슬쩍 풀빵을 건넸다.

어머니가 말씀하셨다.

"풀빵은 냄새도 맡기 싫구나."

철이 들고 어머니와 풀빵을 팔면서
그때서야 어머니 마음을 알았다.
어머니는 풀빵을 삼키지 못할 만큼 그 냄새에 절어 계셨던 거다.

어머니 입도, 목구멍도, 위도, 온통 풀빵 냄새로 가득 차
풀빵을 도저히 삼킬 수가 없었던 것이다.

이다음에 크면 절대로 풀빵 장사는 하지 않으리라 생각했다.
어머니는 군이 풀빵 만드는 법을 내게 가르쳐주셨다.

2007년 어느 토요일, 인사동 길에 갔다.
풀빵 장수 앞에서 나는 어머니 생각이 났다.
차마 지나칠 수가 없었다.
장사 시작한 지 얼마 안 돼 보이는 그 부부는
풀빵 굽는 솜씨가 영 서툴렀다.

'아, 요즘 사람들은 이렇게 구우면 안 먹을 텐데….'

나는 풀빵 장사 경험을 살려
바삭바삭하게 굽는 비법을 일러주고 싶었다.

"요즘 젊은이들은 이렇게 떡같이 구우면 안 먹어요.
더 바삭하게 구워야 하는데 그러려면 재료 비율을 달리해야 됩니다."

풀빵 장수 부부는 반응이 없었다.
'사람 성의를 무시하나?' 하는 마음에 서운해지려는 찰나,
그들이 청각장애인이라는 걸 알게 되었다.
내 말을 알아들을 수도 없고, 대답할 수도 없는 상황이었다.

나는 그 자리에서 주인 대신 풀빵을 굽기 시작했다.
노하우를 전수할 방법은 직접 보여주는 것밖에 없었기 때문이다.

한 시간 정도 굽고 나자
부부가 준비한 하루 치 밀가루 반죽이 바닥났다.
내가 한 시간 구운 풀빵이
부부가 반나절 판 것보다 더 많이 팔린 것이다.

그 후로 몇 번 더, 인사동 근처를 지날 때마다
하루는 한 시간, 또 하루는 두 시간, 그렇게 풀빵을 구워 팔았다.

조금이라도 더 팔기 위해 손님들과 사진도 찍고,
풀빵 봉투에 사인해 주기도 했다.
서울시장 시절 제법 인기가 있어 그 덕을 보았다.

그러나 만사 제쳐두고 풀빵만 구울 수는 없는 일,
돌아가려고 앞치마를 푸는데 부부의 눈에 눈물이 글썽였다.
눈물을 보이지 않으려고 허공을 바라보며 눈을 끔뻑였다.
그 부부의 눈물에서 풀빵 냄새가 나는 듯했다.

다시 앞치마를 두르고 풀빵을 굽기 시작했다.
이번에는 아주 천천히,
눈으로 그 과정을 익힐 수 있게 천천히 풀빵을 구웠다.

그 옛날 어머니가 내게 그러셨듯이
풀빵을 구워 팔아주기보다 맛있게 굽는 법을 가르쳐주고 싶었다.
내가 오지 않아도 풀빵이 더 잘 팔릴 수 있도록.

나는 요즘도 풀빵 장수를 지나치지 못한다.
풀빵에서는 내 어머니 냄새가 난다.

지금도 거리 어디에선가 풀빵을 굽고 계실 거 같아
차마 목으로 넘기기가 어려운 그 풀빵을
나는 오늘도 한 봉지 가슴에 품는다.

가난해도 부자를 도와라

"이 회장, 당신이 굉장히 어렵게 살았다는 게 사실이오?
나는 아주 유복한 가정에서 자랐다고 생각했는데."

현대에서 일할 때부터 자주 들었던 말이다.
사람을 한눈에 파악하기로 유명한 정주영 회장도 같은 말씀을 하셨다.
그것도 내가 현대를 떠날 무렵에 말이다.

"하하, 그러셨어요?"
"하긴 나도 시골에서 소 팔아 어렵게 도망 나온 사람이지만."
"팔 소라도 있으셨으니 부자셨네요.
저는 기차표도 간신히 구해 올라왔는 걸요."

이렇게 시작된 이야기는 나의 어린 시절로 이어졌다.

우리 집은 가난했다.
식구들 모두 열심히 일했지만 끼니 걱정이 끊일 날 없었다.

우리 집 주식은 술 거르고 남은 찌꺼기, 술지게미였다.
음식이라기보다는 가장 싼값에 끼니를 해결하는 처방이었다.
아침에 술지게미 먹고 학교에 가면
입에서 알코올 냄새가 나 불량 학생으로 오해받기도 했다.

거지들과 한 지붕 밑에 산 적도 있다.
전쟁 후 아버지가 목장 일자리를 잃어 산기슭 무허가 절터에 살 때였다.
방 한 칸에 부엌도 없는 곳에서 여러 세대가 함께 살았는데,
다들 처지가 비슷했다.
하루 벌어 하루를 견디는, 가난의 끝에 내몰린 사람들이었다.

처절한 가난에서 해방된 것은 먼 훗날 일이다.
형이 대학을 졸업하고 직장에 들어가고
또 내가 직장에 들어가면서 적어도 먹고사는 걱정은 덜게 되었다.

사람들은 내게서 가난의 흔적을 보지 못한다.

그것은 부모님, 특히 어머니 덕분이었다.

어머니는 자식들한테 가난을 대물림하지 않으려고 노력하셨다.
물질적으로는 가난하지만
마음만큼은 넉넉하게 키우려고 애쓰셨다.
행여 어른이 되어 사회에 불만을 갖거나
평생 누군가에게 도움받기를 바라는 사람이 될까 봐,
도움받고도 고마운 줄 모르는 사람으로 자랄까 봐 염려하셨다.

어머니는 어려서부터 남의 집 일을 돕게 하셨다.

"박아, 오늘 기름집 큰딸 치우는 날이니 가서 일 좀 도와주고 오너라."

나는 어머니가 왜 우리보다 잘사는 집일을 돕고 오라 하시는지 몰랐다.
어린 마음에, 잔칫집에 가서 음식이라도 얻어먹고 오라는 건가 생각했다.

그게 아니었다.
어머니는 마지막에 꼭 이렇게 당부하셨다.

"가거든 일손이 모자라니까 부지런히 도와라.
절대 물 한 모금이라도 얻어먹어서는 안 된다."

어머니의 뜻은 잘 몰랐지만 나는 어머니 말씀에 따랐다.
남의 집 일 도우러 가면 별일이 다 일어났다.
문전에서 퇴짜 맞은 적도 있다.

변변치 못한 차림으로 대문 앞에서 서성이는 모습을 보고
음식 얻으러 온 거지로 오해한 것이다.

어머니는 아랑곳하지 않고 계속 보내셨다.
나는 집주인한테 인사도 제대로 하지 않고 조용히 들어가
동네 아주머니들이 시키는 일을 하고는 도망치듯 돌아오곤 했다.

어머니가 왜 남의 집 일을 돕게 하는지
그 이유를 깨닫기까지는 한참의 시간이 걸렸다.

그날도 문전박대를 각오하고 잔칫집에 찾아가 일을 시작했다.
누군가 나를 지켜보고 있는 것이 느껴졌다.
주인 아주머니였다.
아주머니가 나를 감시하고 있다는 생각이 들었다.

더 열심히 일했다.
배고픔을 잊기 위해서라도 일에 몰두해야 했다.
일을 마치고 조용히 집으로 돌아가려고 할 때
주인 아주머니가 나를 불렀다.

"얘야, 너 참 기특하구나.
음식에 손 한 번 대지 않고 열심히 일하더구나."

아주머니 태도는 나를 감시할 때와는 분명 달라져 있었다.

"잔치 음식 좀 쌌다. 가서 동생들하고 나눠 먹어라."

허투루 담은 것이 아니라
귀한 손님에게 주는 선물같이 정갈하게 싼 음식을 내밀었다.
나는 음식을 받지 않았다.

"어머니가 일만 돕고 오라 하셨습니다.
일 다 마쳤으니 이만 돌아가겠습니다. 안녕히 계세요."

서둘러 인사하고 돌아 나오는데,
정갈하게 싸주신 음식이 머릿속에서 떠나질 않았다.
배고픔 때문이 아니었다.

처음이었다.

일을 돕고 난 후 귀한 대접을 받은 것도 처음이었고,
돌아가는 길이 이렇게 뿌듯하게 느껴진 것도 처음이었다.
어머니가 왜 부잣집 일을 돕게 했는지 조금은 알 수 있었다.

'가난해도 부자를 도울 수 있다.
가난하다고 늘 부자의 도움을 바란다면
평생 그 가난을 벗어나지 못할 것이다.'

그 뒤로 남의 집 일 도우러 가는 것이 즐거웠다.
목소리부터 달라졌다.

"안녕하세요. 일 도우러 왔습니다."
"일 마치고 돌아갑니다. 안녕히 계세요."

그렇게 하기 힘들었던 말이 자연스럽게 흘러나왔다.
당당해진 것이다.

그날 나는 머릿속에서 한 가지 생각을 지웠다.
그동안 부자들을 만나면 은연중에
'나한테 어떤 도움을 주지 않을까' 하고 기대했던 게 사실이었다.

자식들을 배부르게 해주지는 못하셨지만
마음만큼은 넉넉하게 키워주신 어머니.

우리 오 남매는 영양실조에는 걸릴지언정 당당함은 잃지 않았다.
이는 훗날 아무리 높은 자리에 있는 사람,
세계적인 큰 부자를 만났을 때도 당당할 수 있는 힘이 되었다.

세 가지 질문

대기업 회장, 국회의원, 서울시장, 대통령을 거치면서
어렵고도 힘든 질문을 숱하게 받았다.

그중 일생 잊을 수 없는 질문은,
어머니가 던진 세 가지 질문이다.

대학 4학년 때, 정부는 한일 국교 정상화를 추진했다.
36년간 일본 식민지 압제에 대해 진정한 사과와 반성 없이,
역사적 평가도 제대로 하지 않고 이루어지는 굴욕적인 회담에 대해
학생들은 분노했고 대규모 학생운동으로 번졌다.

당시 학생회장이던 나는 앞장서 시위를 이끌었다.
결국 징역형을 선고받고 감옥살이를 하게 되었다.
그때 어머니가 면회 오셨다.

'어머니가 오시다니….'

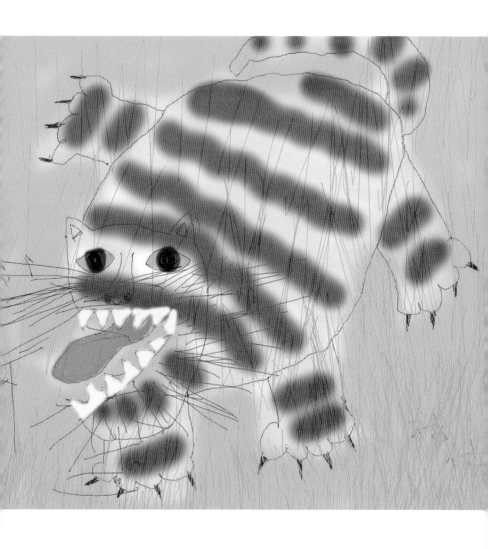

서대문 형무소 감방에서 어머니가 와 계신 면회실까지 걸어가며
그토록 그리운 어머니였지만 한편 죄송스러운 마음에
어떻게 어머니 얼굴을 뵐지 난감했다.

시장 상인들 도움으로 간신히 입학한 대학인데,
공부는 하지 않고 학생운동 하다가 감옥에 갇힌 나를
얼마나 원망하실까.
푸른색 수의 위에 박힌 수감번호를 보면 얼마나 기막히실까.
언제 끝날지 모를 아들의 옥고에 가슴은 얼마나 저리실까.

어머니를 안심시킬 위로의 말을 찾아야 한다고 생각했다.

그러나 어머니와 눈이 마주친 순간,
나는 아무 말도 할 수가 없었다.

어머니는 부쩍 여위어 있었다.

내가 감옥에 들어간 충격으로 드러누우셨다는 소식을 들었다.
면회실에 계신 어머니는 한눈에 보기에도 병색이 완연했다.
모든 게 내 탓인 것 같아 할 말을 잃고 그저 앉아 있었다.

무거운 침묵을 깨고 어머니가 입을 여셨다.

"박아, 공부는 하느냐? 기도는 하느냐? 성경은 읽느냐?"
"나는 너를 믿는다. 네 소신대로 해라."

이 말이 전부였다.
어머니는 내 대답을 기다리지도 않고
자리에서 일어나셨다.
나는 아무 말 못한 채 물끄러미 어머니를 바라봤다.

그날 어머니에게 말을 시킨 건 내가 아니라 교도관이었다.
면회시간이 남았으니 아들과 더 이야기를 나누시라고

서둘러 일어서는 어머니를 교도관이 붙잡았지만,
얼굴 봤으니 됐다며 뒤도 돌아보지 않고 나가셨다.

"박아, 이게 웬일이냐? 어디 얼굴 좀 보자. 심하게 당하지 않았더냐?"
다른 어머니들처럼 끌어안으면서 이렇듯 울부짖지 않으셨다.

어머니가 내게 던지고 가신 세 가지 질문은
눈물 삼키고 할 수 있었던 가장 긴 말이었을 것이었다.
아마도 어머니는 면회실 문을 나서는 순간
바로 그 자리에 주저앉아 눈물 흘리셨을 것이다.

어머니의 질문에 나는 눈이 번쩍 뜨였다.
나는 사실 공부도 기도도 성경 읽기도 하지 못하고 있었다.
함께 감옥에 들어온 학생들과 목소리 맞춰
구호를 외치는 것이 전부였다.

어머니가 다녀가신 후 내게는 많은 변화가 생겼다.
나는 어머니 질문에 답하는 심정으로 감옥 생활을 이어나갔다.

당시 운동권 학생들은 기성 정치인을 따라 정치권으로 나갔다.
나는 학생운동 경력이 전부였기에
국가를 위해 무얼 할 수 있을까 원점에서 진지하게 고민하게 되었다.

더 많은 것을 배우고, 더 넓은 세상을 경험해야
일자리를 원하는 사람에게 일자리를 만들어주고,
잠자리를 원하는 사람에게 잠잘 자리를 만들어주는
일당 노동자 시절 꿈을 이룰 수 있으리라 생각했다.

이것이 내가 정치가 아닌 기업으로 진로를 바꾸게 된 이유였다.

고향 땅에는 지금도 어머니가 계시겠지요

어머니, 오랜만에 고향에 왔습니다.

한동안 오지 못했습니다.
삶의 희망이 보이지 않아
고등학교 졸업장도 받기 전에 서울로 도망가던
그 시절의 모습이 그대로 남아 있을 것만 같았거든요.

포항제철에 행사가 있어도
헬리콥터 타고 내려와 바로 올라갈 정도였으니.
지긋지긋했던 가난의 기억이 마음을 무겁게 했나 봅니다.

오랜만에 찾은 고향은
그 옛날 생선 냄새 풍기던 조그마한 어항은 사라졌지만
반갑게 맞아주는 선배, 후배, 이웃이 있어 푸근하고 따뜻합니다.

이곳에 오니 그리운 얼굴이 떠오릅니다.

부모님 몰래 달걀을 하나씩 챙겨주던 친구,
"얘야, 그 뻥튀기 다 싸주렴. 잔돈은 그만두고" 하시며
남은 뻥튀기를 몽땅 사주시던 어르신,
살아가는 데 고등학교 졸업장이 큰 힘이 될 거라며
단칸방에 몇 번이나 찾아와 야간 학교 입학을 권해주신 선생님!

그리고 어머니….

고향과 어머니는 참 많이 닮았습니다.
아무 때고 지친 마음을 기댈 수 있는 듬직한 기둥 같기도 하고,
발걸음을 저절로 돌리게 만드는 종착역 같으니까요.

내일은 어머니와 장사하던 시장 통에 가보려 합니다.
그곳에 가면
넉넉한 마음으로 궂은일도 마다 않던 어머니가 계시겠지요.

'고향'이라는 단어 속에 숨어 있는 숱한 기억들을
찬찬히 꺼내봐야겠습니다.

어머니,
많이 그립습니다.

2006년 9월 30일 고향에서

가족이 한집에 모여 사는 세상

서울시장 시절, 서울 강북 지역 뉴타운 사업을 추진할 때 일이다.
계획을 발표한 직후 한 기자가 이런 질문을 했다.

"강북 사람들의 좌절감을 알고 계십니까?"

인터뷰에는 간단하게 답했지만 그 질문에 나는 할 말이 많은 사람이다.

포항 달동네와 산기슭 절터,
무허가 주택이 대부분이던 이태원 달동네,
공덕동과 효창동 일대 쪽방촌….

달동네 풍경은 서울이나 지방이나 비슷하다.
버스에서 내려 언덕을 넘고 또 넘으면 계단이 나타나고,
끝이 보이지 않는 계단을 숨 가쁘게 오르면
저 멀리 다닥다닥 붙은 집들이 보인다.
젊은 나도 숨을 몇 번이나 고른 후에야 도착했던 곳이 달동네다.

얇은 베니어합판으로 방이 나누어져 있어
속삭이는 소리부터 부부싸움까지 들어야 하고,
아침마다 화장실 쟁탈전을 치렀던 곳.
비가 오면 가장 먼저 피해를 보는 곳.

이는 달동네 일상이지 설움은 아니다.
달동네에 살면서 내가 느낀 설움은
가족이 한집에 살 수 없다는 것이었다.

고등학교 졸업을 앞두고 고향 포항을 떠나
동생 귀분이와 부모님 계신 서울로 향할 때,
떨어져 있던 가족들을 만난다는 기쁨과
서울에서 새로운 삶을 시작한다는 벅찬 꿈이 있었다.
이태원 달동네에 도착해
가족들과 얼싸안고 기뻐하며 안부를 물을 때까지는 좋았다.

잠자리에 들 시간,
그제야 부모님과 누이가 눕기에도 비좁은 방이 눈에 들어왔다.
우리가 오기 전에도 부모님은 다리 뻗기 힘들었을 것 같았다.
근 1년 만에 가족이 모였는데 하룻밤도 함께 잠들 수 없었다.

결국 나는 얼마씩 돈을 내고 여러 명이 잠을 자는
무허가 판자촌에서 따로 생활을 하게 되었다.
이후에도 서울에 공부하러 올라와 자취하는 친구에게
오랫동안 신세를 져야 했다.

말씀은 하지 않으셨지만
같은 서울 하늘 아래 살면서도 아들과 떨어져 지내야 하는 현실에
부모님의 마음이 어떠셨을까?

어머니는 따로 떨어져 지내는 내게
따뜻한 밥 한 끼 해주지 못하는 것을 안타까워하셨다.

잠은 따로 자더라도 밥은 같이 먹어야 한다며
아침저녁으로 집에 오라 하셨지만
걷기엔 너무 멀고 버스 타려면 차비가 들었고,
새벽 인력시장에서 일거리를 잡으려면 왔다 갔다 할 시간이 없었다.

어쩌다 어머니가 일하는 시장에 가서 뵈면
어머니는 늘 같은 말을 되풀이하셨다.

"가족은 한 데 모여 살아야 하는데…."

내가 보낸 1960년대와 똑같은 삶을 살고 있는 분들을 만날 때마다
나는 다짐한다.
가족들이 한집에 모여 살 수 있는 세상을 만들어야 한다고.

어머니의 기도

어린 시절 자전거를 탔던 이는
오랫동안 타지 않았더라도 곧 예전 실력을 회복하듯이
몸은 모든 것을 기억한다.

내 몸도 그렇다.
새벽 다섯 시면 어김없이 눈이 떠진다.
어릴 때부터 몸이 기억하는 시간이니,
지금도 그 시간이면 절로 눈이 떠지는 건 당연하다.

내 몸이 새벽 다섯 시를 기억하게 된 건,
온 가족이 새벽 기도를 함께 했던 때부터다.
어머니는 매일 아침 우리들을 함께 무릎 꿇게 하고 기도드리셨다.

"주님, 오늘도 기도드립니다.
이 나라와 사회가 잘되도록 도와주시옵소서.
시장 사람들 오늘 하루 평안히 장사할 수 있도록 해주소서.

어제 혼인한 뒷집 영희 행복하게 살게 해주시고,
옆집 순철이 홍역 빨리 낫게 해주소서."

어머니는 제일 먼저 나라를 위해 기도하시고
다음으로 동네 사람들과 친척들 행복을 빌었다.
그런 뒤에야 큰형님부터 막내 여동생까지 한 명 한 명 이름 불러가며
자식들을 위한 기도가 시작되었다.

매일 똑같이 반복되는 어머니의 기도는
어린 우리에게 고통이었다.
기도 소리가 자장가로 들리기도 했다.

그러나 설핏 잠들었다가도 '우리 박이'로 시작되는 기도가 나오면
귀가 번쩍 뜨였다.
나를 위해 해주시는 어머니의 기도가 그렇게 좋았다.

"우리 박이 몸 건강하게 자라게 해주세요."

늘 기도는 같았다.

언젠가 어머니가 나를 위해 기도한 것이
몇 번이나 되나 헤아려본 적이 있다.
1년이면 365번, 10년이면 3650번,
성년이 될 때까지 20년이라고 해도
무려 7000번이 넘는 횟수였다.
그것도 매일 같은 시간에 변함없이.

그 힘은 매우 컸다.
따로 떨어져 살 때도 새벽 다섯 시가 되면
'지금쯤 어머니가 나를 위해 기도하시겠지' 하며
어머니를 생각하게 되었다.
그 시간만 되면 어김없이 눈이 떠지고 함께 기도드리게 되었다.

어떤 이들은 하루 네 시간밖에 안 자고도
아침 회의에 늦지 않는 나를 보며 독하다고 말하기도 하지만
새벽기도 덕에 자연스레 들어버린 습관일 뿐이다.

지금도 혼자 조용히 눈 뜨는 새벽이면
나지막이 어머니 기도 소리가 들리는 듯하다.
그 시절 졸린 눈을 비벼가며 들었던 어머니의 기도는
또 하나의 학교였고, 나에게 남겨주신 사랑의 증거이다.

어머니 2

지독한 고생
서러운 배고픔
그때는 부끄럽기만 했습니다

호통 치는 소리
누가 들을까 싶어
두리번거리기 바빴습니다

"네 힘으로 먹고살고자 하는데
 무엇이 부끄러우냐,
 당당해야 한다."

몰랐습니다 그때는
그 말의 의미를
그때 어머니 심정을

나의 가출 실패기

야간고 시절 과일 장사를 시작했다.

낮에 하던 뻥튀기 장사는 계속하면서
야간 학교 수업 끝나고 과일을 팔아
돈을 조금 더 벌어보겠다는 생각에서였다.

"과일은 생물이다. 아무나 못한다. 상할 수도 있고 남으면 손해가 크다."

어머니는 만류하셨지만 며칠 동안 설득 끝에 허락을 얻었다.
리어카 한 대 장만해 극장 앞에서 장사를 시작했다.
반짝반짝 윤나게 닦은 과일은
카바이드 불빛아래 먹음직스럽게 빛났다.
까까머리 학생이 교복을 입고 팔아서인지
수입도 낮에 하는 뻥튀기 장사보다 나았다.

어느 여름 비 오는 날이었다.

후진하던 자가용이 미끄러지면서 내 리어카를 들이받고 말았다.
수박은 깨지고 과일들은 바닥에 떨어져 나뒹굴었다.
엉금엉금 기어 다니며 정신없이 과일을 줍는데
머리 위에서 욕설이 쏟아졌다.

"야 이 자식아, 그렇게 길을 막고 있으면
차는 어디로 다니라는 거야!"

차 주인 위세에 눌려 엉겁결에 잘못했다고 빌었다.

"앞으로 주의해!"

그가 떠난 뒤 화가 치밀어 올랐다.
가진 자 횡포에 기가 꺾여
아무 잘못 없음에도 가해자에게 도리어 용서를 빈
나 자신에 대한 분노였다.

그대로 주저앉아 떨어져 부서진 과일을 보고 있으려니
눈물이 쏟아졌다.

'이렇게 살아 무얼 하나. 차라리 어디론가 떠나버리자.'

과일 팔고 번 돈이 있어 서울 갈 차비는 충분했다.
술이나 한 잔 하고 가자는 생각에 포장마차에 들어갔다.

"아주머니, 소주 한 병 주세요!"
"학생 왜 이래, 술 먹으면 안 되지."

포장마차 주인 아주머니는
학생신분으로 과일 장사를 하던 나를 좋게 봐주시던 분이었다.
평소와 다른 내 모습에 술을 주지 않았다.

"돈 드리면 될 것 아니에요. 빨리 술 주세요."

내 짜증에도 아주머니는 머뭇거리며 시간을 끌었다.
그 아주머니가 내 인생을 바꿨다.
만일 그때 술을 마셨다면 어떤 일이 벌어졌을지 모른다.

분을 삭이며 기다리다 어머니 생각이 났다.
어머니는 내가 장사 끝내고 들어갈 때까지 늘 기다리셨다.
리어카에 남은 과일을 보시며 "과일 색 참 좋다" 하셔도
나는 다음날 하나라도 더 팔 마음에 못 들은 척했다.

'과일장사 시작한 게 언제인데 과일 한 번 못 드시게 했구나.
이왕 이리 된 거 어머니 과일이라도 실컷 드시게 하고 내일 떠나자.'

넘어진 리어카에 떨어진 과일을 주섬주섬 담아 끌고 집으로 향했다.
집 앞 골목길에 접어들면서 일부러 "어머니!" 하고 크게 불렀다.

웬일인가 처다보는 어머니에게
"어머니, 과일 실컷 드셔요." 하고는 방으로 쏜살같이 들어갔다.
내일 아침 일찍 떠나리라 다짐하며, 그대로 이불 덮어쓰고 누웠다.
엉망이 된 리어카를 보신 어머니는 아무 말씀도 하지 않으셨다.

다음날 새벽이었다.
변함없이 온 가족이 무릎 꿇고 앉아 기도드렸다.
그날따라 형님들 기도가 짧아지고 나를 위한 기도가 길고 간절했다.
길어진 어머니 기도가 너무도 놀랍고 감사했다.

'어머니가 내게 이렇게 관심을 가지고 계셨구나.'

나를 위한 어머니 기도를 더 들으려 가출을 미룰 수밖에 없었다.
그렇게 미루기를 몇 번 거듭하다보니
어느새 나는 제자리에 되돌아와 있었다.

우리네 아버지, 어머니

한 남자가 있었다.
포항 근처 가난한 농사꾼 집안에서 삼형제 중 막내로 태어났다.
어려서부터 한학(漢學)을 공부했다.

남자는 젊을 때 고향을 떠나 떠돌면서
소, 돼지 기르는 법을 배워 목부가 되었다.
목장을 갖는 게 꿈이었다.

일본으로 건너가 오사카 근교 목장에서 일자리를 얻었다.
그곳 생활은 고달프고 서러웠다.
한국인이라고, 그 이유만으로 온갖 욕설과 비난을 해댔고,
똑같이 일해도 일본 사람이 받는 것의 3분의 1도 못 받았다.
달리 방도가 없었다.
고향 땅에서는 그런 일자리마저도 구할 수가 없었으니까.

한 여자가 있었다.

가난한 농사꾼 집안의 엄격한 부모님 슬하에서 자랐다.

대부분의 여성들이 그랬듯 초등학교도 제대로 마치지 못했다.

어려서 선교사가 세운 교회에 다니며 신문명을 접할 기회가 있었다.

그래서인지 생각하는 것이 남달랐다.

부부가 된 두 사람은

일본에서 여섯 남매를 낳아 기르며 열심히 일했다.

언젠가 고향으로 돌아가 목장을 갖겠다는 꿈을 갖고서.

해방이 되자 가족을 이끌고 조국으로 향했다.

시모노세키 항에서 부산으로 떠나는 임시 여객선을 탔다.

귀국하는 이들로 가득 찬 여객선은 정원을 훨씬 초과해 있었다.

불편하기 그지없었지만 두 사람은 희망에 차 있었다.

'고향으로 돌아가 열심히 일하면 우리 목장을 가질 수 있을 거야!'

부부의 꿈은 고국에 도착하기도 전에 물거품이 되었다.
배가 쓰시마 섬 앞바다에 가라앉아 겨우 목숨만 건지고,
서러움당하며 어렵게 모은 재산이 전부 바닷물에 잠기고 만 것이다.

그 혼란스러운 와중에도 남자는 가족을 챙기기보다
함께 배에 탄 사람들에게 질서를 지켜 탈출해야 한다고 소리치기 바빴다.

빈털터리가 되어 도착한 고향에서 기다린 것은 지독한 가난이었다.
그래도 행복했다.
일본에서 견딘 세월보다는 나을 거라는 희망이 있었다.

이분들이 바로 내 아버지와 어머니다.
나라 잃은 설움 속에 어려운 시대를 살았던
우리네 아버지, 어머니 모습이다.

거참 괘씸한 동생일세

현대 회장으로 있을 때
여동생이 나를 만나러 집에 올 때는 항상 손에 편지가 들려 있었다.
일 때문에 바빠서 잘 만나지 못하는 오빠에게
하고 싶은 말을 남긴 메모였다.

오빠의 안부나 건강을 염려하는 것이려니 했다가
내용을 보고 당황했었다.
아주 간단했다.

"오빠, 우리 교회에 풍금이 없는데…."

'거참 괘씸한 동생일세.'
동생의 메모를 보며 처음엔 그렇게 생각했다.

그 부탁을 거절하지 못하는 건,
우리 형제 가슴 깊은 곳에 쌓여 있는 동생에 대한 미안함 때문이었다.

가난한 형편에 오 남매를 모두 학교에 보낼 수는 없었다.
어머니는 항상 이렇게 말씀하셨다.

"귀분이는 초등학교, 박이는 중학교까지만 보내줄 거다."

여러 자식을 공부시키다가 도중하차하게 만드는 것보다
한 명이라도 제대로 공부시켜 성공하면
우리 모두 좋아질 거라고 생각하셨다.

어려서부터 수재로 소문난 둘째 형이 그 책임을 맡았다.
형은 늘 나와 여동생에게 미안해했다.

중학교에 진학한 나는 초등학교밖에 못 다닌
여동생에게 미안한 마음이 있었다.

가끔은 형이 부러웠고,
왜 형만 공부할 수 있는지 억울하기도 했다.
온 가족의 지원을 받으며 공부한 형도
그 특권이 마냥 좋지만은 않았을 것이다.

형은 어려운 집안 형편을 생각해
학비가 무료인 육군사관학교에 들어갔지만
몸이 좋지 않아 그만두고
다시 서울대학교 상대에 들어갔다.

형은 내가 일당 노동자로 떠돌던 시절에도
'공부의 끈을 놓지 말라'고 권고했다.

나는 비록 야간 학교지만 고등학교 졸업장이 있던 덕분에
고려대학교에 입학할 수 있었다.

대학생이 된 나는 여동생 손을 잡고
당시 삼각지에 있던 상명여고에 찾아갔다.
"가정 형편이 어려워 졸업은 못했지만,
입학을 허락해주시면 누구보다 열심히 공부할 겁니다."

배상명 당시 이사장님께 간청했다.

앳된 청년이 여동생을 데려와 사정하는 것이 기특했던지
입학을 허락해주셨다.
늦게나마 여동생도 고등학교를 졸업할 수 있었고,
형편이 나아진 뒤에는 대학에 들어갔고
졸업 후 신학공부도 하게 되었다.

동생은 중국에서 선교사로 활동하고 있다.
그 어려운 곳에서 교회 짓고 신학대학 세우는 일을 부지런히 하고 다닌다.

나는 우리 형제 가운데 한 사람이라도
하나님 일을 하고 있다는 것에 감사함을 느낄 때가 많다.
사회주의 국가 중국에서 선교사로 활동하는 것이 위험해 걱정하면서도
'하늘에 계신 어머니가 얼마나 흐뭇하실까' 하는 생각에
은근히 동생 활동을 지지해왔다.

형은 가족의 기대를 저버리지 않고 기업인으로 성공했다.
형이 이문동 국민주택을 샀을 때 기쁨을 잊지 못한다.
비록 어머니는 새 집에 살아보지도 못하고 돌아가셨지만
뿔뿔이 흩어져 살던 가족이 그 집에서 비로소 함께 모여살 수 있었다.

결혼한 둘째 형님 가족에 아버지와 나, 여동생,
객지에서 돌아온 큰 형님 가족,
그리고 고향에서 올라온 내 친구까지….
바글바글 모여 살면서도 불편한 줄 몰랐다.
생전 처음 살아보는 '우리 집'이었기에.

공동묘지 프러포즈

현대에 입사해 스물여덟에 이사가 되자
여기저기서 중매가 들어오기 시작했다.

정주영 회장님도
좋은 집안에서 교육 잘 받은 여성을 소개해주셨다.
데이트 하라고 자동차를 내 주시기도 하고
사랑하는 사람에게 선물하라고
일본 출장 때 진주목걸이를 사다 주시기도 했다.
소개해 주신 분과 인연을 맺진 못했지만
진주목걸이는 제 주인을 찾아
지금도 아내가 소중하게 간직하고 있다.

아내와의 인연은 고등학교 때 영어 선생님이 맺어주었다.

처음 만났을 때부터 왠지 호감이 갔다.
마음과는 달리 데이트할 시간이 좀처럼 나지 않았다.

어렵게 짬을 내 약속하고도
갑자기 일이 생겨 제 시간에 맞춰 나가기 힘들었다.
지금이야 핸드폰이 있으니
약속 장소나 시간을 변경하는 게 어렵지 않지만
그때는 한번 약속 하면 바꾸기 쉽지 않았다.
하염없이 기다리게 하거나 혼자 저녁을 먹게 한 적도 있었다.

다행히 아내는 내 일을 소중히 생각했고
바쁜 일상을 존중해주었다.
약속 시간에 늦어도 화 내지 않고,
늦게 된 이유를 귀 기울여 듣고 같이 염려해주었다.

어느 날이었다.
어머니를 뵈러 가야겠다 생각했다.
아내는 나의 갑작스러운 제안에
이유도 묻지 않은 채 조용히 따라와주었다.

어두워진 골목에 차를 세워놓고
아내에게 잠시 기다려 달라 한 뒤
어머니 묘가 있는 산으로 발걸음을 옮겼다.

한밤중에 야산으로 올라가니 궁금했는지
아내는 나를 살그머니 따라왔던 것 같다.
어머니 무덤 앞에 서자 마음속에 있던 말이
나도 모르게 나왔다.

"어머니, 저 명박이에요.
결혼하고 싶은 사람이 생겼습니다.
어머니한테 허락받으러 왔어요.
어머니가 좋다고 하시면 그 사람과 행복하게 열심히 살겠습니다."

잠시 묵상한 뒤 내려왔더니
아내는 조용히 차에 앉아 있었다.

무언가 생각하는 듯
집에 도착할 때까지 한마디도 하지 않았다.

아내는 그 날 들은 어머니와의 대화를 청혼으로 받아들였고
그 후 결혼은 일사천리로 진행되었다.
뜻하지 않게 공동묘지에서 프러포즈한 셈이 되었다.

아버지가 어머니를 사랑하는 방식

나이 들고 세상을 조금씩 알아가며 이런 생각을 한 적이 있다.
아버지는 우리에게 존경스러운 아버지였지만
어머니에게는 힘든 남편이었을지도 모른다고.

아버지는 속마음을 표현하는 분이 아니었다.
기쁜 일에도 슬픈 일에도 늘 한결같으셨다.
이런 모습이 아내인 어머니에게는
그리 좋지만은 않았을 거란 생각이 든 것이다.

시간이 흐른 뒤 알게 되었다.
아버지가 어머니를 사랑하는 방식은 따로 있었다는 것을.

집안 형편이 나아지자 아버지가 가장 먼저 하신 일은
어머니 묘를 이장하는 것이었다.
어머니가 돌아가실 당시에는 형편이 좋지 않아
교회에서 소개받은 공동묘지에 가매장을 했다.

그게 마음에 걸리셨던 아버지는 어머니를 편안한 곳으로 이장하게 되자 손수 비문을 만드셨다.

"자식들의 성공을 누리지 못하고 고생 끝에 죽어 묻혔는데 나만 홀로 남아서 낙을 누리니 미안하구려."

우리 남매들은 묘비 문으로 적절치 않다고 만류했지만 아버지는 문구를 좀 더 점잖게 고치는 선까지만 양보하셨다.

"…항상 어버이 섬길 때의 未洽(미흡)한 情(정)을 感泣(감읍)하여 墓所(묘소)를 修治(수치)하며 또 夫人(부인)인 蔡氏(채씨)가 子女(자녀) 五男妹(오 남매)의 學位造達(학위조달)에 苦生(고생)타가 學士學位 (학사학위)의 塋(영)을 다 못 보고 早逝(조서)했기에 아들의 孝誠(효성) 을 自身(자신) 혼자만이 享有(향유)케 됨을 무한 안타깝게 여기더라.…"

한 자 한 자 정성 들여 지은 문구를 묘비에 새긴 뒤
아버지는 어머니 묘소를 지극하게 돌보셨다.
그 모습에서 어머니를 그리워하는 마음과 사랑을 느낄 수 있었다.
어머니가 살아계실 때
마냥 외롭지만은 않았을 것이란 생각이 들었다.

나는 가족들과 묘소에 갈 때마다
손자 손녀들에게 옛날이야기 해주듯
아버지의 진심이 담긴 묘비 글을 설명해주곤 한다.

어머니 3

"지금은 어렵지만 잘 될 거다"
늘 하시던 어머니 말씀

지금은 어렵지만
지금은 힘들지만
잘 될 거다
잘 될 거다

지금은…
지금은…
언제까지 이 '지금'이 계속될까
절망했는데

끊임없이 읊조리다 보니
…잘 될 거다
…잘 될 거다
결국엔 잘 될 거다

어머니 간절한 기도는
축복의 주문이었습니다

매일 출근할 직장이 있다는 것

포항에서 올라온 후,

날이 채 밝기도 전에 뼛속 깊이 찬바람 맞으며 인력 시장에 줄을 섰다.

합숙소에서 여러 사람과 함께 자느라 잠을 설치기 일쑤였지만

졸리지 않았다.

꾸벅꾸벅 병든 닭처럼 졸고 있으면 나를 써주지 않을까 봐

눈에 힘을 주었다.

피곤한 눈에 핏발이 서도, 지친 어깨의 뼈마디가 쑤셔도,

일자리를 얻을 수 있다면 얼마든지 이겨내리라 생각했다.

인력 시장은 호락호락한 곳이 아니었다.

어느 날은 바로 내 앞에서 일자리가 끊기기도 하고,

어느 날은 그 몸으로 무슨 일을 하겠느냐며

내 뒤에 선 덩치 좋은 이를 뽑아 가기도 했다.

매일 새벽 나가도 일할 수 있는 날은 한 달에 고작 열흘 정도였다.

중학교 때 선생님은 분명,
야간 고등학교 졸업장이 도움될 거라 하셨는데

인력 시장에서는 전혀 통하지 않았다.
막노동판에서는 무조건 힘이 센 사람이 유리했다.
그렇게 몇 사람이 선택되면 어디선가 이런 소리가 들려왔다.

"오늘은 여기서 끝!"

일자리가 다 찬 것이다.
보통 사람들의 하루는 아직 시작도 되지 않았는데,
인력 시장에서 일자리 못 구한 이들의 하루는 그렇게 끝나버리곤 했다.
새벽어둠이 걷히고 아침이 밝는 것이 두려웠다.

'오늘은 또 어디로 가야 하나….'
갈 곳이 없었다.

허탕 친 날은 밥도 굶어야 했다.

하루 종일 굶고 나면 어디든 지친 이 한 몸 누일 곳이 절실했다.

수입이 일정치 않으니 방세도 쉽게 낼 수 없었다.

그때 나는 일자리가 얼마나 중요한지 절실히 깨달았다.

일자리는 먹을 것과 잠잘 곳, 그 모든 것의 희망이었다.

월급쟁이들이 한없이 부러웠다.

출근하는 이들을 보면 눈시울이 뜨거워지기도 했다.

돈이 아무리 적더라도 꼬박꼬박 월급 받을 수 있는

그런 자리가 있으면 얼마나 좋을까….

야간 고등학교 졸업장만으로는 그런 자리를 얻을 수 없었다.

그래서 생각한 것이 대학 시험을 치는 것이었다.

어차피 등록금 낼 형편은 안 되니

시험에 합격해 대학 중퇴자라도 되자 생각했다.

청계천에 가면 입시에 필요한 책을 싸게 살 수 있다는
이야기를 듣고 무작정 청계천 헌책방을 찾아갔다.
두리번거리는 나에게 주인이 물었다.

"무슨 책을 찾는데?"
"글쎄, 잘 모르겠어요. 대학 입시 준비하는 데 어떤 책을 사야 할지…."
"문과야, 이과야?"

문과, 이과 그게 뭔지 알 수 없었지만 상관없었다.
내가 다닌 야간 학교에는 대학 가는 학생이 없어서
입시에 대한 기본 정보가 없었다.

상대에 진학한 형이 떠올라 얼른 이야기했다.

"상과 대학에 가려고 합니다."
"쯧쯧, 그게 문과야."

126

주인은 책을 고르기 시작했다.

헌책이라 비싸지 않을 거라 생각했는데,

주인이 말한 책값의 절반 밖에 수중에 없었다.

"네? 그렇게나 비싸요?"

"뭐? 이 녀석이 지금 장난하나? 기껏 골라줬더니…."

"저는 대학에 다니려는 게 아니고 그냥 시험이나 쳐볼까 하는 건데…."

속상하고 미안한 마음에 주인에게 사정을 털어놓았다.

언성을 높이던 그는 내 얘길 다 듣고 잠시 생각에 잠겼다.

"인마, 있는 돈만 내고 가."

"네?"

"다니고 안 다니고는 합격한 후에 걱정할 일이지,

지금은 합격할 생각만 하면 되는 거야."

그 말을 듣는 순간 머릿속의 뿌연 안개가 걷히는 것 같았다.

"마음 변하기 전에 얼른 가, 이놈아!"

헌책방 주인의 고함에 나는 책을 가슴에 품고
뒤도 안 돌아보고 뛰고 또 뛰었다.
목에서 피 냄새가 올라올 만큼 숨이 찼지만,
여기서 멈추면 내 인생도 멈출 거 같아 죽어라 뛰었다.

한참을 뛰다가 거친 숨을 몰아쉬며
고개를 들어보니 혜화동 로터리였다.

후일 서울시장이 된 후 혜화동 공관에 살면서
그곳을 지날 때마다
그날을 떠올리곤 했다.

그렇게 얻은 책으로 공부를 했고,
고려대학교 합격자 명단에 내 이름이 올랐다.
월급쟁이가 되려는 꿈에 한 발 다가선 것이었다.

많은 사람들이 도전하기도 전에 희망이 없다며 지레 포기한다.
그러나 나는 도전하는 자만이 꿈을 향해 나아갈 수 있다는 걸
그때 배웠다.

이름도 성도 모르는 그 헌책방 주인의 말은
내가 세상을 살아가는 동안 고비 고비마다 큰 힘이 되었다.

"어쩌려고 이런 일을 저질렀누?"

대학 합격소식을 가장 먼저 어머니에게 전하고 싶었다.
어머니가 좌판 깔고 생선을 파는 이태원 시장으로 달려갔다.

"어머니. 저 대학에 합격했어요!"
"응 그것 참 잘 됐구나. 그런데 누가 합격했다고?"

내가 합격했다고는 상상도 못하셨다.
남의 이야기인 줄 알고 건성으로 대답하셨다.

"저에요, 제가 대학에 합격했다고요."
"정말이냐, 명박아? 네가 언제 공부해서 대학에 합격했니?"

깜짝 놀라 물으셨다.
일당 노동자로 전전하던 자식이
대학에 합격했다는 얘기에 어머니는 감격스러워하셨다.

기쁨도 잠시,
이내 어머니 얼굴이 어두워졌다.
등록금을 어떻게 마련할지 걱정이 밀려온 것이다.

"네가 어떻게 이런 일을 저질렀누…."
"다니려는 것은 아니고 그냥 시험만 한 번 쳐본 거예요."

어머니를 위로하고 돌아온 날, 실의에 빠진 나는 며칠을 앓아누웠다.

며칠 뒤였다.

어머니가 찾으신다는 말에 한달음에 달려가니,
믿지 못할 소식이 기다리고 있었다.

어머니가 일하는 시장 상인들이
새벽에 시장을 청소하고 쓰레기를 한강변에 갖다 버리는 조건으로
등록금을 대준다는 것이었다.

꿈같은 일이었다.
'그 분들이 어떻게 이런 소중한 일자리를 주었을까?'

그 비밀은 얼마 지나지 않아 풀렸다.

비록 좌판 하나 놓고 장사하는 사람이지만,
어머니는 그 시장에서 가장 존경받는 분이셨다.
남의 가게 앞에서 장사하는 게 미안해
그 가게 문 닫을 때까지 기다리고 있다가 청소를 도맡아 하셨다.

상인들 사이 크고 작은 다툼이 있을 때
공정하게 판단하고 말리는 분이 어머니셨다.

어머니의 성품을 평소 알던 상인들이
"이 어머니의 아들이라면 믿고 도와줄 수 있다." 판단한 것이다.

고등학교 입학도 꿈꾸지 못했던 내가
대학 공부까지 하게 된 데에는 어머니의 숨은 공로가 있었다.

어머니 전 상서

어머니,
오늘, 어머니 기일입니다.
올해도 형제들이 다 모였습니다.

사실은 대통령께서 국회의원들을 위한 만찬을 마련했는데,
저는 '형이 참석할 테니 나는 어머니를 뵈어야겠다. 생각하고,
형님은 형님대로 '동생이 갈 테니 내가 어머니께 가야지' 해서
두 형제가 모두 참석하지 못했습니다.
대통령께는 죄송스러운 일이 되었지요.

어머니 뵈러 오는 일을 우리 형제가 거를 수 없는 건
어머니가 남긴 사랑 때문입니다.
늘 기도해주시고
어렵고 힘든 가운데도 희망을 잃지 않게 해주셨던 어머니.
그것이 얼마나 큰 사랑이었는지….

어머니 가신 지 어느덧 수십 년.

세월이 어머니를 잃은 슬픔은 거둬갔지만
그 자리에 그리움이 자리했습니다.

오늘도 벽에 걸린 아버님, 어머님 사진을 보며
슬픔보다 더 진한 게 그리움이라는 걸 느낍니다.

모자를 올려 쓰세요

2006년 2월 서울시장 시절, 노숙인 대상 일자리 특강이 있었다.
그때 함께 자리한 노숙인들은,
내가 뻥튀기 장사를 하던 때처럼 모자를 푹 눌러쓰고
다른 사람들과 눈을 마주치려 하지 않았다.

"여러분, 모자를 조금 올려 써보세요.
잘생긴 얼굴이 안 보이네요.
모자를 조금 올려 쓰시고 마음 문을 활짝 여세요!"

사실 이 말은,
사춘기 시절 나 자신한테 해주고 싶던 말이었는지도 모른다.

뻥튀기 장사를 시작한 야간 상고 시절,
친구들이 공부하는 시간은 내 영업시간이고,
친구들이 학교 끝나고 집으로 돌아가면 나는 등교해 공부했다.
그것까지는 괜찮았다.

어머니 도와 일하면서 공부도 할 수 있게 된 것에 감사했다.
문제는 어머니가 뻥튀기 장사 터로 골라주신 장소가
여학교 정문 앞이라는 것이었다.

하루 종일 기계 옆에서 뻥튀기를 만들다 보면
얼굴은 숯검정과 기름때로 얼룩질 수밖에 없었다.
장사 마치고 바로 학교에 가야 했기에 교복차림으로 일해야 했다.

'여학생들이 이런 내 꼴을 보면 어떻게 생각할까?'

먹고살기 힘든 와중에도 그런 고민을 했다.
여학생들 지나다니는 길에서 교복 입고 장사하는 것이
여간 마음이 쓰이는 게 아니었다.

여학생들 눈에 띄는 게 두려워
등·하교 시간에는 아예 골목 안쪽으로 자리를 옮겨 숨어서 장사했다.

장사가 될 리 없었다.

나의 고민은 깊어졌다.
'내 얼굴을 보이지 않고, 장사할 방법이 없을까?'

고심 끝에 떠오른 아이디어!

'그래, 밀짚모자를 쓰는 거야.'

그 날로 챙이 큰 밀짚모자를 구해
손님과 시선을 마주치지 않고 장사했다.

이 방법도 오래가지 못했다.
아들이 장사 잘하고 있나 둘러보러 오신 어머니에게 들키고 말았다.
밀짚모자를 눌러쓰고 있던 나는
어머니가 오신 것도 알지 못했다.

누군가 내 머리를 세게 쥐어박아 고개를 들어 보니,
어머니가 서 계셨다.

"장사를 하려면 손님들하고 눈을 마주쳐야지,
무엇이 부끄러워 모자를 눌러쓰고 있느냐?"

나는 어머니 호통에 귀를 기울이기보다
누가 듣지는 않을까 마음 졸이며 고개를 두리번거리기에 바빴다.

"네가 살기 위해 남을 속이느냐?
남에게 비굴하게 구느냐?
네가 네 힘으로 살기 위해 최선을 다하는 데 무엇이 부끄러우냐.
당당해야 한다."

그날 이후 밀짚모자를 쓸 수 없었다.

가난은 부끄러운 것이 아니라
살아가는 데 불편할 뿐이라는 사실을 깨닫는 데에는
좀 더 많은 시간이 걸렸다.

아버지의 유산

아버지는 내가 지금까지 만난 사람들 중 가장 정직한 분이셨다.

장터를 돌며 물건을 팔 때는 늘 우리가 잠든 후에 돌아오셨다.
내가 좀 더 자라 아버지와 함께 장터를 돌 때도
아버지는 밥 먹을 때를 제외하고는 잠시도 쉬지 않고 걷고 또 걸으셨다.
전쟁이 터져 목장 주인은 피난을 갔는데도
아버지는 가족을 피난시킨 뒤
주인 없는 목장에 혼자 남아 목장을 지키셨다.

아버지는 돈 버는 일과는 거리가 먼 분이었다.
열심히 일해도 손해 보는 경우가 더 많았다.
이유는 간단했다.
장사하려면 때론 빈말이라도 "이거 밑지고 파는 겁니다." 하는
정도는 말할 수 있어야 하는데, 아버지 삶에 빈말이란 없었다.
지나치게 고지식하다는 소리를 들을 정도로 정직한 아버지에게
장사꾼의 빈말은 체질적으로 맞지 않았다.

동네 어르신 권유로 옷감장사를 하신 적이 있다.
우리 집 사정을 잘 아시는 그분은
외상으로 옷감을 대주면서 장사 '요령'까지 전수해주셨다.

대단한 것은 아니었다.
옷감을 잴 때 손님이 옷감을 넉넉하게 주는 듯 느끼게 하는
약간의 기교였다.

"여기 옷감 넉 자를 사러 온 손님이 있다고 합시다.
그럴 때 딱 넉 자만 주면 얼마나 박해 보이겠어요.
그렇다고 넉 자보다 더 주면 이문이 안 남지 않겠어요?"
아버지뿐 아니라 우리 가족 모두 귀를 쫑긋 세우고 다음 말을 기다렸다.

"그럴 땐 이렇게 하면 됩니다.
대자로 옷감을 한 자 한 자 잴 때 조금씩 길이를 줄여가는 거예요.

그렇게 줄어든 만큼을 손님에게 다시 덤으로 주면
파는 사람도 밑지지 않고 사는 사람도 기분 좋게 사지요.
장사할 땐 다들 이렇게 합니다."

"다들 이렇게 합니다."라는 말을 하는 어르신 눈빛이 의미심장했다.
아버지도 그 눈빛을 읽으셨는지
배운 대로 열심히 옷감 재는 법을 연습하셨다.

안타깝게도 연습 효과는 전혀 없었다.
정작 장사 할 때 적용하지 못한 것이다.
나는 대자로 옷감을 재는 아버지 손이 떨리는 것을 보았다.

아버지는 옷감을 정확히 재는 쪽을 택하셨다.
문제는 정확히 재서 팔면서 '덤'도 똑같이 주시는 것이다.
그러니 팔아도 남는 것이 없었다.

아버지는 그런 분이셨다.

어머니는 그런 아버지 곁에서 묵묵히 가정을 돌보셨다.

아무리 형편이 어려워도

"당신은 왜 그렇게 장사 수완이 없어요." 하지 않으셨다.

아버지가 안 계실 때 우리를 앉혀놓고 말씀하셨다.

"아버지처럼 정직한 분이 인정받는 세상이 참세상이다."

우리 오 남매 마음속에 아버지는

돈을 못 버는 분이 아니라 정직한 분으로 자리매김했다.

하루도 조용할 날 없는 달동네 판잣집이지만

우리 집에서는 부부싸움 소리도,

술 취한 아버지의 주정도 들리지 않았다.

가난은 그렇다.
제일 먼저 가장의 희망을 앗아가고
그렇게 희망을 잃고 방황하는 가장은
가족들에게 권위를 상실하게 된다.

내가 부모님께 감사한 건 가난한 아버지, 어머니를
존경하고 사랑하는 마음을 갖도록 키워주신 것이다.

자녀들에게 내가 남기고 싶은 유산도 다르지 않다.
나와 아내의 모습 중 어느 부분은
자랑스럽게 생각하고 닮으려 노력했으면 좋겠다.
그것이 부모가 된 후 갖게 된 소망이다.

세상의 어머니들

YMCA 소속의 산모 도우미와 방문 탁아 교사들을 만나러 갔을 때다.
이야기를 나누다 보니 나이가 많든 적든
그분들은 자신을 위해 뭘 하는 법이 없었다.
물질이든 마음 씀씀이든 남편과 자식, 가족이 우선이었다.

그 모습이 돌아가신 내 어머니와 꼭 닮아
그분들과 '어머니'라고 부르며 대화를 나눴다.

대화는 자연스럽게 어머니 이야기로 이어졌고,
나는 '어머니'라는 말을 원 없이 불러봤다.
격려 하러 간 자리에서 도리어 내가 큰 힘을 얻고 돌아온 것이었다.

18년 동안 열심히 일해 뒷바라지한 자식들이 모두 잘되었다며
내 손을 꼭 잡아주셨던 한 어머니는 이런 말씀을 하셨다.

"악한 생각, 약한 생각이 들 때는 '엄마 생각' 하라고 가르쳤습니다."

거친 손 마디마디마다 자식들을 훌륭하게 키워낸 노고가
녹아 있는 것 같았다.

한겨울 화롯불처럼 따뜻하고,
달콤한 솜사탕처럼 부드럽고,
오래 간직해온 책처럼 정겹고,
때로는 칼바람처럼 매섭고 시린…

어머니는 그런 분이다.
세상이 넓다지만 세상 모든 어머니들의 마음보다 넓지 못하다.
바다가 깊다지만 세상 모든 어머니들의 마음보다 깊지 못하다.

우리 가족의 꿈

이태원 쪽방 시절,
옆방 사는 누나가 한 달에 한 번 고향집에 돈을 보낼 때마다
편지를 대신 써주곤 했다.

미군부대에서 일하는 그녀는
간단한 영어는 해도 한글은 모르는 까막눈이었다.

내가 대신 써주는 그녀의 편지에는 보내는 이 주소가 없었다.
"혹여 가족들이 찾아오기라도 하면
사는 모습 보여주기 부끄럽기 때문"이라 했다.
편지에는 동생 등록금 걱정, 부모님 건강 걱정,
늘어가는 빚 걱정이 담겨 있었다.

나는 가족을 위해 희생하는 누이가 불쌍했는데,
누이는 혼자 사는 자신에게도 좁은 방에
온 식구가 함께 사는 우리 가족을 안쓰러워했다.

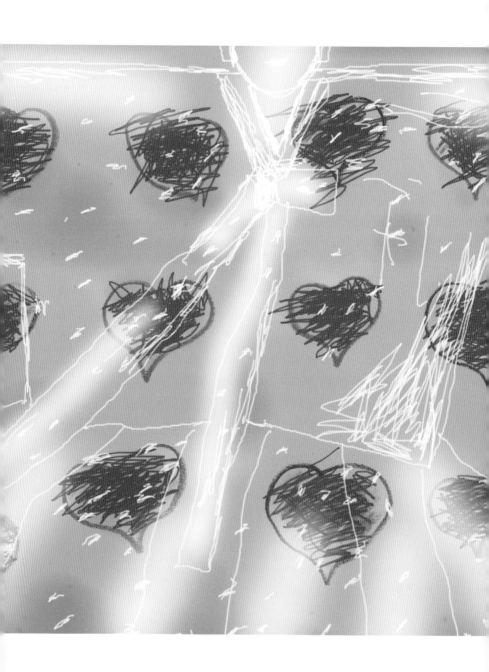

돌이켜보면 산기슭 절터에서 거지들과 이웃하며 생활할 때,
포항 단칸방에서 생선 비린내를 맡으며 살아갈 때,
이태원 달동네 쪽방에서 새는 비를 맞으며 살아갈 때,
우리 가족이 부러워한 것은
정원 딸린 넓은 집, 번듯한 우리 가게가 아니었다.

단칸방이라도 좋으니 월세 걱정하지 않아도 되고,
주인 눈치 보지 않아도 되는 '우리 집'이었다.

'우리 집'을 갖게 된 것은 어머니가 돌아가시고 난 후였다.
둘째 형이 서울 이문동에 국민주택을 마련한 것이었다.
그 집으로 이사 가던 날, 우리는 웃을 수 없었다.
우리 집은 갖게 되었지만 어머니가 더 이상 우리 곁에 안 계셨다.

집은 가정의 출발이자 희망이다.
내 어린 시절이 그랬고, 지금도 그러하다.

집이 없어 떠돌아다닐 때 느끼는 고통을 나는 누구보다 잘 안다.

대통령 취임 후 집 없는 서민들의 설움을 덜어주고자
보금자리 주택 정책을 제안했다.

대부분 사람들은 10년 이상 모아도 '내 집'을 갖는 것이 쉽지 않다.
자고나면 오르는 집값 때문에 '내 집 장만의 꿈'이 그저 '꿈'인 현실,
나는 이 현실을 바꾸고 싶었다.

집은 거주 목적이어야지
자산증식을 위한 수단이 되어선 안 된다.

교통이 편리한 도심지역에 부지를 마련하고
신혼부부와 무주택 서민, 노부모 부양자와 같이
가족과 함께 살 내 집이 꼭 필요한 이에게
보금자리 주택을 특별 공급했다.

보금자리 주택 분양가가 너무 저렴해
부동산 경기가 위축된다는 우려도 있었다.

서민을 위한 주택은 경제적 측면이 아니라
복지 차원에서 바라봐야 한다고 생각한다.

서울시장 시절 달동네를 뉴타운으로 만들고,
대통령이 되어 보금자리 주택을 시작한 것은
일당 노동자 시절 경험이 바탕이 되었다.

'친절' 병원의 꿈

없이 살아본 사람이 없는 사람 마음을 안다.
어려서 몸이 약했던 나는 자주 앓아누웠다.
며칠 시름시름 앓다 일어나는 때도 있었지만
심한 경우엔 한 달 이상 자리에서 일어나지 못하기도 했다.

태어나서 처음으로 병원에 간 것은
기관지확장증으로 병역 불가 판정을 받고
공공기관에서 운영하는 병원에 무료 환자로 입원했을 때였다.

의사와 간호사들은 나와 같은 환자들에게 매우 불친절했다.
병원을 찾은 첫날,
온종일 기다린 뒤에야 겨우 병실에 들어갔다.
왜 늦어지는지 물어도 아무도 대답해주지 않았다.
"기다리라"는 말만 되풀이했다.

어렵게 입원을 하고 며칠 뒤였다.

잠결에 회진 온 의사들이
내 진료기록을 들여다보며 나누는 이야기가 들렸다.
전문용어가 많아 알아들을 수 있는 말은 극히 드물었다.
이 말만은 정확하게 들렸다.

"이 환자는 극빈 환자라 그 약을 쓸 수 없습니다."

담당 의사가 무언가 지시를 내리자
젊은 의사가 또박또박 힘주어 대답한 말이었다.

나는 눈을 뜰 수 없었다.
그 병원에서는 병이 낫기는커녕 더 깊어질 것 같아 뛰쳐나오고 말았다.

두 번째로 병원을 찾은 것은 그 일이 있고 한참 뒤였다.
내가 병이 깊은데 치료를 못 받고 있다는 소식을 듣고
동네 어르신이 다른 무료 병원을 소개해주었다.

'무료 병원'이란 말에 선뜻 결심이 서지 않았다.
'무료 병원'이란 말이 곧 '불친절한 병원'으로 들렸기 때문이다.

병을 더 방치할 수 없었다.
그렇게 가게 된 병원은
가톨릭계에서 운영하는 병원이었는데
그곳 환경은 전혀 달랐다.

의사 선생님, 간호사 수녀님, 경비 아저씨까지
모든 환자들과 웃으며 인사 나누는 것이었다.

가장 인상 깊었던 분은 담당 간호사 수녀님이었다.
수녀님은 병실에 오실 때마다
환자 한 사람 한 사람 이름을 불러주면서
기분이 어떤지
불편한 곳은 없는지 세심하게 물어보셨다.

수녀님이 나를 좋아하는 게 아닌가 착각할 정도로 친절했다.
그곳에서 나는 마음의 안정을 찾았고
병도 호전되어 예상보다 일찍 퇴원하게 되었다.

수녀님과 아쉬운 작별을 하며 감사의 말을 전했다.

"환자가 아니라 가족처럼 대해주셔서 감사합니다.
수녀님 미소가 제 병을 반은 낫게 해주었습니다."

서울시장 취임 후 나는 서울시에서 운영하는
시립병원 병원장, 원무과 과장, 수간호사들을 초대해 당부했다.

"꼭 필요한 시설과 진료를 위한 투자는 아끼지 않겠습니다.
다만 이 한 가지만은 여러분에게 꼭 부탁드립니다.
시립병원은 세금으로 운영하는 곳입니다.

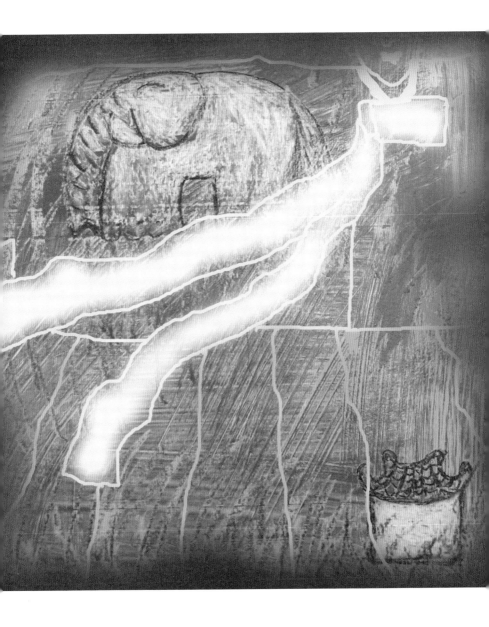

163

어려운 사람들이 많이 오는 곳이기 때문에
다른 병원보다 몇 배 더 친절해야 합니다.
환자들에게 친절하게 대하면 병의 반은 나은 거나 같습니다."

그들은 시장이 취임하자마자 자신들을 불러놓고
아침밥까지 대접하며 이런 이야기를 하는지
그 이유를 알지 못했을 것이다.

시립병원이 몰라보게 친절해졌다는 이야기가 들릴 때마다
나는 그때 일을 떠올리며 혼자 미소 짓곤 한다.

1320명의 부모님들

2006년 서울시장 임기를 두 달 남짓 남겨놓은 어느 날
나는 망우동으로 향했다.

"치매, 중풍 등 노인 중심의 북부노인병원 오늘 개원",
"노인성 질환을 치료하는 노인 전문 종합병원이 망우동에 문을 연다….

차 안에서 신문 보도를 보며,
그간 병원을 짓기까지의 과정이 떠올랐다.

노인 전문 종합병원은 서울시장 임기 동안 공들여 추진해온 일이다.
2002년 7월 취임 직후 시작해,
퇴임을 앞둔 2006년 3월 망우동 병원이 그 마지막이었다.

계기는 한 할머니와의 만남이었다.

2002년 7월 1일, 서울시장 취임식을 하루 앞둔 날이었다.

수해 현장을 돌아보던 중
일당 노동자 시절 자주 다니던 동네를 찾게 되었다.
수십 년이 지났지만 그 곳은 변한 게 없어 보였다.
산비탈에 다닥다닥 붙어 있는 집도 여전했다.

동네를 둘러보는 데 자물쇠로 잠긴 방에서 인기척이 들렸다.
이상한 생각이 들어 문을 열게 했더니 방 안에 할머니 한 분이 계셨다.
이불 속에서 방금 일어난 듯한 모습으로 비스듬히 앉아 계신데,
옆에 먹다 만 밥 한 그릇이 놓여 있었다.

상황이 짐작이 되었다.
젊은 부부가 일을 나가며
어머니가 밖에 나가시지 못하도록 문을 잠가놓은 것이었다.
치매에 걸린 어머니가 혼자 나갔다가 무슨 변이라도 당할까 봐
문을 걸어 잠글 수밖에 없는 사정도 이해가 되지만
덩그러니 놓여있는 밥 한 그릇은 내 발길을 붙잡았다.

충격이었다.

그길로 방치된 치매 노인이 얼마나 되는지 파악하기 시작했다.

이제까지 한 번도 해본 적 없는 조사라

각 구청에서 일일이 가정별로 사정을 알아볼 수밖에 없었다.

대한민국 수도 서울에

가족의 보살핌을 받지 못하고 방치돼 있는 치매 노인이

무려 1320명이나 되었다.

그 분들은 서울시가 모시자 결심했다.

재원마련도 쉽지 않았지만 부지 구하는 것도 여간 힘든 일이 아니었다.

동네 집값 떨어진다고 반대하는 경우도 많았다.

내가 이 일을 지금 하지 않으면
서울시장으로서 소명을 다하지 못하는 것이라는 마음으로 추진했다.
마침내 1320명이 모두 보호받을 수 있는 시설이 마련되었을 때
나는 병원 직원들에게 이렇게 당부했다.

"돈으로 할 수 있는 일은 최대한 지원하겠습니다.
여러분은 정성으로 할 수 있는 일에 최선을 다해주세요.
여러분 어머니, 아버지로 생각하고 보살펴주세요."

사람들은 나를 두고
청계천 복원, 대중교통 개혁, 4대강 살리기를 떠올리지만
내 개인적으로 각별한 애정과 보람을 느낀 것은
중증장애인 전용택시와 치매노인 전문병원을 만들고
서울시장 때 시작한 전통시장 개선사업을
대통령이 되어 전국으로 확장시켜 나가는 등
따뜻한 복지정책으로 인한 변화였다.

어머니 지혜에서 배운 노숙인 정책

어머니는 일생 사는 동안
길에서 많은 시간을 보내셨다.

시골 마을을 돌며 물건을 팔고,
길거리에서 먹을 것을 팔고,
시장 좌판에서 생선과 야채를 팔고….

어머니 일터인 시장은 사람들이 모여드는 곳이었다.
물건을 사고파는 이들뿐 아니라
온갖 사람들이 오가는 곳이었다.

포항에서 장사를 할 때는 거지가 참 많았다.
전쟁 후였기 때문이다.
시장은 구걸하기 좋은 곳이다.
돈이 오가고 음식이 있고 인심이 살아있었다.

거지들을 도와주는 사람들은
그래도 형편이 좋은 편에 속하는 사람들이었다.
어머니처럼 남의 가게 앞에서 주인 눈치 보며
고무 대야에 물건 놓고 파는 사람들은
거지에게 나눠줄 것이 없었다.

어머니한테는 나름대로 그들을 돕는 방법이 따로 있었다.
일거리를 마련해주는 것,
그것이 어머니의 방법이었다.

시장에서 급한 일거리가 생기면
구걸 다니는 이웃 아저씨한테 가장 먼저 알려주곤 했다.

"석이 아버님, 오늘 건어물 가게에 일손이 필요하다고 하던데요."

아저씨는 시장에 가서 한두 시간 일하고 품삯을 받을 수 있었다.

174

어머니가 하셨던 방식을 생각하며 정책으로 옮긴 것이
'노숙인 일자리 갖기 사업'이었다.

IMF 외환위기 이후 서울역을 중심으로
노숙인이 3700명 정도 생겨났다.
노숙인이 점점 늘자 정부에서는 숙소와 쉼터를 만들고,
무료 급식을 하고 목욕할 수 있게 해주었다.
하지만 노숙인은 줄지 않았다.

노숙인이 줄지 않는 이유를 깊이 고민했다.
그러다 떠오른 것이 '노숙인들에게 일을 줘보자'는 것이었다.

먼저 일자리 마련을 위해 기업에 협조를 요청했다.
"노숙인들을 고용해 달라"고.
일당 5만 원 중 2만 5천 원은 기업에서,
나머지 2만 5천 원은 서울시에서 지급하는 방식이었다.

기업은 보다 적은 비용으로 일꾼을 고용할 수 있고,
서울시는 노숙인을 자활시킬 수 있고,
노숙인은 일자리를 얻을 수 있어 모두에게 좋은 일이었다.

동시에 사회복지인과 종교인, 공무원 300명으로 봉사단을 꾸렸다.
오랜 기간 노숙하며 일할 의욕을 잃은 이들에게
1대 1 상담을 통해 자활의지를 불어넣는 것이 시급했기 때문이다.

신체검사를 통해 일할 수 있는 사람과 치료가 필요한 사람을 나누고,
일할 수 있는 사람은 합숙 교육을 시작했다.

합숙 교육 첫 시간에는
아무리 바빠도 내가 직접 찾아가 이야기를 나눴다.

"여러분, 3천 원짜리 점심 얻어먹으러 왔다 갔다 하지 말고
내 힘으로 벌어서 천 원짜리 밥이라도 사 먹읍시다."

열심히 일해서 천만 원을 모으면
임대아파트에 입주할 수 있게 해주겠다고 약속했다.
서울시 주거래 은행인 우리은행에 부탁해
일반 금융상품보다 이자를 두 배 이상 주는
노숙인 특별통장도 만들었다.

효과는 비교적 빨리 나타났다.
1년도 지나지 않아 5백만 원 이상 저축한 사람이 생겼다.
노숙인에서 노동자로 변화한 그분들을 다시 만났을 때
눈빛부터 달라져 있었다.

"시장님, 고맙습니다. 그런데 부탁이 있습니다.
토요일에도 일할 수 없을까요?
주말에 쉬니까 수입도 적고, 쉬면서 오히려 돈을 쓰게 됩니다.
토요일에도 일해서 빨리 천만 원 만들어서
흩어진 가족들과 임대아파트에서 살고 싶습니다."

일은 건강과 행복을 동시에 가져다준다는 사실을 체감했다.
진정한 복지는 일자리라는 사실을 다시 한 번 깨닫게 되었다.
통장을 보여주며 자랑스러워하는 그들 모습에서 나는 희망을 보았다.
그들에게 필요한 것은 쉼터가 아니라 일자리임을 확신했다.

부치지 못한 편지

어머니,
오늘 한 고등학생에게 편지 한 통을 받았습니다.

재작년 아버지가 돌아가시고
엎친 데 덮친 격으로 어머니가 유방암 수술을 받았다고 합니다.

그 바람에 누나는 대학 입학을 포기하고
직장생활하며 자신과 힘겹게 살고 있답니다.
그 학생이 하이 서울 장학금을 받게 된 모양입니다.
편지 마지막에는 이렇게 쓰여 있었습니다.

"장학금을 받을 때 다짐했습니다.
시장님 말씀처럼
이 다음에 성공해서 꼭 후배들에게 돌려주겠다고요."

제 머릿속에는 그 옛날의 한 장면이 떠올랐습니다.

중학교 졸업할 무렵 담임선생님이 집으로 찾아오신 적이 있었죠.
어머니는 낯선 사람의 방문에 어리둥절해하셨고
저는 숫기가 없던 때라
'선생님이 우리 집에 왜 오셨을까?' 하고 의아해할 뿐
어머니한테 소개드릴 생각도 못했습니다.

"명박이 학교 선생님입니다."

그제야 어머니는 인사를 드리고 입을 여셨습니다.

"무슨 일로…."
"명박이 고등학교 진학 문제로 상의드릴 게 있어서요."

고등학교,
우리 형편엔 꿈도 못 꿀 일이었습니다.
서울에서 학교 다니는 형 하나만으로도 우리에겐 버거웠습니다.

형 뒷바라지를 위해 어머니는 물론이고
중학교에 다니던 저도 학교 마치고 일해야 했습니다.
그런데 고등학교라니….

"명박이 고등학교 못 보냅니다."

어머니는 단호하셨습니다.
안 보내는 게 아니고 못 보내는 그 심정이 오죽하셨을까요.
그렇듯 단호하셨던 건,
안 될 일에 당신이 흔들리면
제가 더 상처받지 않을까 염려하셨기 때문이었지요.

선생님은 포기하지 않고 다시 찾아오셨습니다.

"야간 고등학교에 가면 낮에 일할 수 있습니다."

어머니는 물으셨지요.

"거긴 등록금이 없습니까?"

제가 번 돈을 제가 쓸 수 있는 게 아니었습니다.
힘없이 돌아가신 선생님은
곧 다시 오셨습니다.

"1등으로 입학해 계속 1등 하면 장학금을 받을 수 있습니다.
그러면 등록금 내지 않고도 학교를 다닐 수 있습니다."

세 번의 거듭된 방문에 어머니도 마음을 돌리셨습니다.

"장학금 못 받으면 그길로 학교 못 다닙니다."

어머니는 저와 선생님에게 다짐을 받으셨습니다.

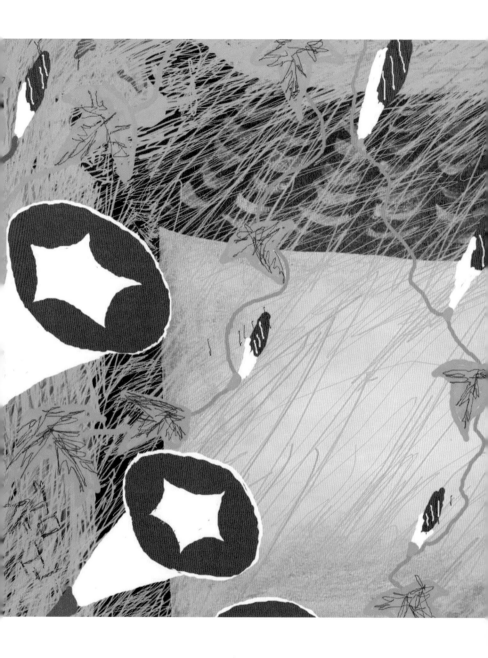

선생님 덕분에 고등학교를 졸업할 수 있었습니다.

서울에 올라와 노동자 생활을 할 때는
고등학교 졸업장이 왜 필요한지 알지 못했습니다.
졸업장 없이도 막노동을 하는 데는 아무 문제가 없었으니까요.
번듯한 회사에 취직하려고 해도
시골 야간 고등학교 졸업장은 아무 소용이 없었습니다.
누구도 알아주지 않는 졸업장이었습니다.

'이걸 위해 내가 그렇게 힘들게 일하고
졸린 눈을 비벼가며 공부했던가.'

후회될 때도 있었습니다.
그런데 대학에 가려니 그것은 없어선 안 될 귀중한 것이었습니다.

서울시장이 되고 보니 여전히 형편이 어려운 학생이 많았습니다.

외환위기 이후 갑작스럽게 어려워진 집안 형편 때문에
학업을 포기하는 고등학생들이 급격히 늘어났습니다.
저는 이 학생들을 어떻게든 졸업시키고 싶었습니다.

서울시에서 장학금을 주자 생각했습니다.
예산과 제도적 어려움 때문에 공무원들 반대도 심했습니다.

저는 "이 아이들이 졸업도 못하고 무작정 사회로 나오면
어떻게 되겠는가, 어디로 가겠는가?
사회 안전망 구축을 위해서도 꼭 필요하다." 설득했습니다.

마침내 8700명에게 첫 장학금을 주게 되었습니다.
저는 공직자들이 준비한 장학금 수여 계획을 보고 깜짝 놀랐습니다.

잠실실내체육관에 학생들을 전부 모아놓고
제가 인사말도 하고 가수가 축하공연도 하게 되어 있었습니다.

충격을 받았습니다.

저는 바로 8700명의 학생들에게 편지를 썼습니다.

"여러분! 행사는 취소되었습니다,

여러분이 받게 될 하이 서울 장학금은

거저 주는 것이 아니라 빌려주는 것입니다.

앞으로 20년, 30년 후 여러분 형편이 좋아지거든

그때 여러분과 같은 후배들에게 돌려주십시오. 그게 조건입니다."

의아해하는 직원들에게 저는 아무 말도 하지 않았습니다.

어머니는 이해하시지요?

제가 왜 행사를 취소할 수밖에 없었는지를.

아이들을 위한 행사가 아니었습니다.

베푸는 입장에서 생색내는 일이었습니다.

갑작스럽게 집이 어려워져 서울시 도움을 받게 되었는데
떠들썩하게 생색내며 장학금을 주면
예민한 시기 아이들에게는
수치스러운 일이 될 수도 있다는 것을
몰랐던 것이지요.

저는 길에서 장사할 때 만난 어른들로부터 배워 압니다.

어떤 이는 잔뜩 위축되어 장사하는 제 어깨를 툭 치며
"네 부모는 뭐 하시니? 어려워도 열심히 해라." 하고 가십니다.
격려라고 해주셨지만
용기를 얻기보다 모멸감을 느낄 때가 많았습니다.

반면 어떤 분은 아무것도 묻지 않고,

"인마, 그거 다 해서 얼마냐? 남은 거 다 싸라. 거스름돈은 됐다."

하고는 아무 말 없이 돌아서십니다.

저는 그런 분들에게 용기를 얻었습니다.

상대 입장을 살피지 않은 관심과 동정이

때론 더 큰 상처를 줄 수 있다는 걸 그때 저는 배웠습니다.

2005년 11월 25일

어머니 4

저 별은 무엇이길래 저리 빛날까
나에게도 저 별이 되는 순간이 올까
까만 밤하늘 수많은 별을 보며 생각했지요

검은 도화지 위에
찬란한 별을 그리다 잠든 밤
귓가에 잦아들 듯 내려앉던 어머니 기도소리

"우리 박이 건강하게 잘 자라도록
 주님께서 보살펴 주옵소서."

배가 고파도 몸이 아파도
어머니가 할 수 있는 건
그저 기도뿐

어머니,
새벽마다 무릎꿇던
당신의 간절한 기도는
다 이루어졌습니다

고맙습니다
사랑합니다
존경합니다
어머니

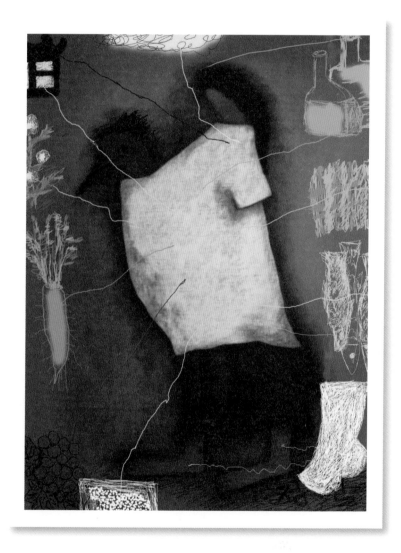

어머니가 지키고자 하셨던 것

1964년 6월 3일, '굴욕적인 한일회담 반대'를 외치면서
수만 명의 학생들이 데모를 벌였다.
나는 그 시위에 앞장섰다.
4·19혁명에 버금가는 대규모 학생운동에 놀란 정부는
비상계엄을 선포하고 학생들을 잡아들이기 시작했다.

당시 나는 주동자로 분류돼 수배가 내려진 상태였다.
학생회장이었던 나는 시위 계획을 함께 모의한 간부들 명단과
회의를 비밀에 부칠 것을 서약한 서약서를 갖고 있었다.

이것이 발각되면 친구들 모두 위험해질 게 자명했다.
경찰 수사망은 점점 좁혀오고,
더 이상 피할 곳이 없다고 느낀 그 암담한 순간,
어머니 얼굴이 떠올랐다.

어린 새가 어미 새 날개 밑으로 파고들 듯 나는 어머니를 찾았다.

문서를 내미는 내게 어머니는 그게 뭐냐고 묻지 않으셨다.
내 얼굴을 한 번 처다보고는 묵묵히 종이를 받아드셨다.
내가 믿을 이는 어머니뿐이었다.

나는 결국 붙잡혀 들어가 계엄사령부에서 조사를 받았다.
내 입을 열게 하려고 온갖 협박을 다했다.
나는 끝까지 입을 다물었다.

하지만 그들은 시위를 모의한 장소는 물론 가담자 이름까지
이미 모든 것을 알고 있었다.

나는 어머니한테 맡긴 서약서가 발각되었다 짐작했다.
경찰이 들이닥쳐 수색했다면
어머니라 한들 내놓을 수밖에
다른 방법이 없었을 것이다 이해했다.

출소한 뒤 당시 함께 논의했던 학생회 간부 중
중앙정보부 끄나풀이 있었다는 걸 알게 되었다.

어머니는 내가 맡기고 간 것이 무엇인지 알지 못했다.
그러나 아들 목숨이 걸려 있다 직감하셨다.
몸에 지니면 뺏길 것이고,
집 안에 숨기자니 좁디좁은 방 한 칸뿐이라 마땅치 않았다.

궁리를 거듭하다 벽지 대신 발라 놓은 신문지를 뜯어내고
그 안에 서약서를 붙인 뒤, 다시 신문지를 발라놓으셨다.

어머니는 많이 배운 분이 아니었다.
그러나 매우 지혜로운 분이셨다.
서약서가 뭔지도 몰랐던 어머니가 지키고자 하셨던 건
문서가 아니라 나였다.

말씀은 안 하셨지만
아들이 붙잡혀 옥고를 치르는 게 가슴 아프셨을 것이다.
어미가 자식을 지켜내지 못했다는 자책을 수없이 하셨을 게다.

자식을 위해 해줄 수 있는 일은
맡기고 간 문서를 잘 보관하는 일이라 여기셨을 테고,
그것이 마치 나인 양
아무도 찾을 수 없는 곳에 꼭꼭 숨겨놓으셨을 것이다.

밤마다 문서를 숨겨놓은 벽을 바라보며
가슴 졸이셨을 어머니를 생각하면
지금도 가슴이 저민다.

누이와 막내 동생을 가슴에 묻다

원래 우리는 오 남매가 아니라 칠 남매였다.
누이와 막내 동생이 전쟁 때 우리 곁을 떠났다.

우리 가족은 포항 근처에서 피난살이를 하고 있었다.
아버지는 목장에서 돌보던 가축을 지키느라 피난을 미루고 계시다
더 이상 남아 있기 어렵게 되자 가족들만 먼저 대피시키셨다.

그날은 아침부터 유난히 더웠다.
어머니는 아침 일찍 나가시고
귀애 누이는 엄마 젖이 모자라 칭얼대는 막내 상필이를 업어 달래느라
마당에서 진땀을 빼고 있었다.

여느 때와 다름없는 아침이었다.
갑자기 비행기 소리가 들리더니
곧 우박 떨어지는 듯한 소리가 들렸다.
순식간에 일어난 일이었다.

잠시 후 고개를 들었을 때
열려 있는 방문 사이로
차마 눈 뜨고 보지 못할 광경을 보았다.

마당 한가운데
귀애 누이와 동생 상필이가 한 덩어리가 되어 쓰러져 있었다.
연기와 피로 뒤범벅된 그들 몸에서
누이 것인지 상필이 것인지 모를 피가 솟아오르고 있었다.

여덟 살 어린아이 눈에 비친 그 광경은 슬픔보다 공포였다.
겁에 질린 나는 두 눈을 꼭 감고 꼼짝도 하지 못했다.

다시 눈을 떴을 때 어머니 모습이 보였다.
어머니는 누이와 동생을 끌어안고
"귀애야! 상필아!" 외치며 통곡하셨다.

마치 실성한 사람처럼 이리저리 뛰어다니시더니
어디서 구했는지 쑥을 찧어 누이와 동생 몸에 바르셨다.
어머니 몸이 땀과 피로 범벅이 되었다.

누이와 동생은 두 달 동안 시름시름 앓다 결국 세상을 떠나고 말았다.
그 두 달 동안 나는 어머니가 물 한 모금 마시는 모습을 본 기억이 없다.
주무시는 모습을 본 적이 없다.

전쟁 통에 약 구할 형편이 못 되니
약이 될 만한 것을 구하러 산을 헤매셨고,
줄곧 누이와 상필이 곁을 떠나지 않으셨다.

그 일이 있고 나서 우리는
아주 오랫동안 누이와 막내 동생 이야기를 하지 않았다.
모두의 기억 속에 그날의 모습이 생생하게 남아 있지만 잊으려 애썼다.

누이와 동생이 세상을 떠난 뒤
동네 사람들한테 가장 많이 들은 것이
'부모는 자식이 죽으면 가슴에 묻는다.'는 말이다.

갑작스레 세상 떠난 누이와 동생이 보고 싶어 눈물 흘릴 때마다
어머니 역시 같은 마음일 거라고만 생각했다.
그렇게 잊지 못해 그리워하는 것이
'가슴에 묻는다'는 거라 생각했다.

나이 들고 나 또한 어버이가 되면서
그리움과 가슴에 묻는다는 것은 다르다는 걸 알 것 같다.
가슴에 묻는다는 것은 숨 쉴 때마다 생각한다는 것이다.
그래서 숨이 멈추는 순간까지 잊지 못하는 것이다.

진정 중요한 것

초등학교 3학년 운동회 때, 처음으로 부모님이 참석하셨다.
매번 시장에서 장사하느라 못 오셨는데,
그해에는 어머니와 아버지가 나란히 오셔서 나는 한껏 상기되었다.

그날 나는 최선을 다했다.
몸 약한 나를 걱정하시는 부모님께
뭔가 보여드리자는 생각이 들었던 모양이다.

달리기 경주에서 있는 힘을 다해 달려 3등을 했다.
상품으로 연필 두 자루를 받았다.
나한테 3등은 1등만큼 값진 것이었다.
상장과 연필 두 자루를 받아 들고 부모님께 달려가 칭찬을 받았다.

그런데 마음이 너무 들뜬 탓인지
상품으로 받은 연필을 잃어버리고 말았다 .
나는 그 자리에서 울음을 터뜨렸다.

어머니는 이렇게 타이르셨다.

"울지 마라. 연필보다 귀한 것이 상장이란다."

나는 그 말을 이해할 수 없었다.
새 연필을 쓸 수 있다는 기대가 컸었고,
상품으로 받은 연필이라 너무 소중했기 때문이다.

어머니의 말씀을 이해하게 된 것은 오랜 시간이 지난 뒤였다.

"세상엔 잃어버려도 잃어버려지지 않는 게 있다.
그건 바로 마음이야.
연필은 잃어버렸지만 최선을 다해 달린 마음은 남아 있잖니,
그걸 기억해라."

아마도 어머니는 이렇게 말하고 싶으셨던 것이 아닐까.

돈으로 살 수 없는 것

"돈은 필요한 것이지만 세상에서 돈이 최고는 아니다.
돈으로 집은 살 수 있지만 부모, 형제는 살 수 없다."

어려서부터 각자 밥벌이를 해야 했던 우리 남매들에게
부모님은 돈이 최고가 아니라는 것을 늘 강조하셨다.
생존을 위해 가족 모두가 일을 해야 하는 형편에서
왜 그런 말씀을 하시는지 그때는 알지 못했다.
'형제 간에 우애 있게 잘 지내라.'는 정도로 이해했다.

가난에서 벗어난 후에야
어머니, 아버지가 하신 말씀의 의미를 조금은 알 수 있었다.

가난했을 때는 돈이 있으면 뭐든지 다 될 것 같았다.
배고프면 밥을 먹을 수 있고, 읽고 싶은 책도 사서 읽을 수 있고,
하고 싶은 공부도 마음껏 하고….
경제가 발전하니 오히려 돈이 큰 사회문제를 일으킨다.

돈 때문에 키워주신 부모를 살해하고,
돈 때문에 형제들 간에 다툼이 일어난다.
이제 우리 시대 부모들이 자녀에게 가르칠 것은
돈 버는 법이 아니라 돈 쓰는 법이란 생각을 하게 된다.

언젠가 때가 되면 아이들하고 마주 앉아
우리 아버지, 어머니가 내게 남겨주신 것을 이야기하며
이 글을 함께 전하려 한다.

돈이 있으면 황금 침대는 살 수 있지만 달콤한 단잠은 살 수 없지.
돈이 있으면 음식은 살 수 있지만 식욕은 살 수 없지.
돈이 있으면 멋진 집은 살 수 있지만 행복한 가정은 살 수 없지.
돈이 있으면 책은 살 수 있지만 지식과 지혜는 살 수 없지.
돈이 있으면 예쁘고 화려한 옷은 살 수 있지만 내면에서 우러나오는
근엄함은 살 수 없지.

— 피터 라이브스의 〈소금인형〉 중에서

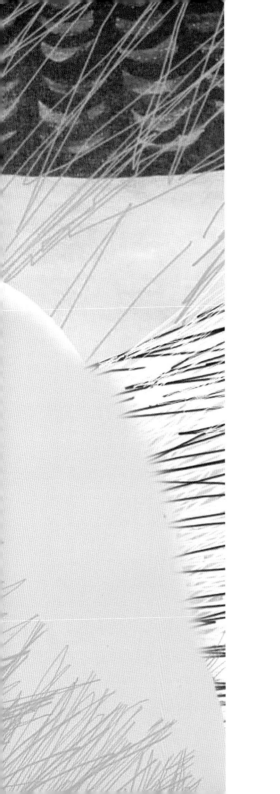

어머니와의 약속

어머니 말씀은 내 평생의 채찍이었다.

서울시장 월급 전액을
환경미화원과 119 소방대원 자녀들을 위해 기부한 것도
대통령 재임 중 전 재산을 사회에 환원한 것도 어머니 가르침 덕분이다.

이웃을 돕되 아무것도 받지 말고 돌아오라는 어머니 말씀에
"예"라고 대답했던 어린 시절 약속을 나는 기억한다.

"어머니, 박이는 어머니 말씀대로
아무 사심 없이 국가에 헌신하는 그런 대통령이 되겠습니다.
제게는 앞으로 해야 할 일들이 많이 남아 있습니다.
지긋지긋하던 가난을 떼어낸 제 경험을 살려
이 나라에 더 이상 가난의 대물림을 하는 사람들이 없게 하겠습니다.
이 나라를 살맛 나는 나라로 만들고
대한민국 국민이 다시 '번영'이라는 목표를 향해 뛰게 만들겠습니다."

하는 심정이었다.

2009년 '재단법인 청계'를 설립하며
내 삶의 중요한 한 부분을 비로소 정리하는 감회를 느꼈다.

많은 이들이 내 삶의 굴곡을 두고
현대사가 빚어낸 드라마의 한 축소판이라 말한다.

극빈 가정에서 태어나 대통령이 되기까지
대한민국이 '기적의 역사'를 만들어내지 않았다면,
그 역동적인 과정에서 이웃의 따뜻한 손길이 없었다면
오늘의 나는 없었을 것이다.

매일 새벽 무릎 꿇고 기도하셨던 어머니,
야간 고등학교라도 꼭 가야 한다고 이끌어주셨던 중학교 담임선생님,
입시공부를 할 수 있게끔 참고서를 거저주다시피 한 청계천헌책방 아저씨,

등록금에 보태라며 쓰레기 치우는 일감을 주신 이태원 전통시장 상인들,
이 분들이 없었다면 나의 오늘이 있었을까?

나에게 진정한 기쁨을 준 것은
일과 삶을 통해 만난 사람들과의 '관계'
그리고 그를 통한 '성취'였지, 재산 그 자체는 아니었다.

물론 재산은 누구에게나 소중한 것이다.

나의 재산은 갑자기 한꺼번에 생긴 것도 아니고
증식을 목적으로 투자해 이룬 것도 아니다.
열심히 일해 정직하게 마련한 것이라
규모와 관계없이 자랑스럽게 생각하고,
내 삶의 땀이 배어 있다 여겨왔다.
그렇기 때문에 우리 사회 필요한 곳에 쓰였으면 좋겠다고
생각해왔다.

이 마음을 갖게 한 뿌리는 바로 어머니다.
어머니와의 약속을 실천한 것을 자랑스럽게 생각한다.

결정에 흔쾌히 동의한 아내와 자녀들에게도 고마운 마음이다.
물려줄 재산은 없지만 더욱 큰 사랑이 우리를 기다리고 있다고 믿는다.

대한민국 국민의 한 사람으로서
우리 사회가 '있는 사람'이 '없는 사람'을 돕고
사랑과 배려가 넘쳐나는 따뜻한 사회가 되길 고대한다.

오늘도 어머니가 그립습니다

흔히 부모들이 자녀들에게
'너도 자식 낳아 길러보면 내 심정 안다'는 말을 한다.
그 말을 듣는 자식은
정말로 자식 낳아 길러보기 전까지는 진정 알지 못한다.

나도 그랬다.

어머니에게 순종했지만 어머니 마음을 이해하기엔 너무 어렸다.
배가 고팠고, 장사는 해야 했고, 몸은 늘 힘들었다.

내 삶의 무게에 짓눌려 허우적거리느라
어머니를 돌아볼 여유가 없었다.
어머니니까 자식을 위해 고생하는 게 당연하다 생각했는지도 모른다.
나는 단 한 번도 어머니 이전에
여자로서 어머니의 삶을 바라보지 못했다.

고생만 하시던 어머니는 내가 20대 때 돌아가셨다.
그때 어머니 연세 겨우 쉰 다섯, 지금 내 나이보다 훨씬 젊으셨다.
어머니가 일찍 돌아가셨다고 생각은 했지만
20대가 바라보는 중년은
그래도 꽤 많은 나이처럼 느껴졌다.
내가 그 나이를 지나고 나서야
비로소 어머니가 한창 젊을 때 돌아가셨음을 절감했다.

결혼하고 자식을 낳았다.
아이들이 아플 때, 학교를 입학하고 졸업할 때,
'어머니도 이런 마음이셨겠지. 우리 오 남매를 이렇게 기르셨겠지.'
어머니 생각이 많이 떠올랐다.

어머니는 요란하지 않으셨다.
표현도 적은 편이셨다.

새벽에 일어나 가족들 위해 기도하는 것으로 사랑을 표현했고
어려운 형편 속에서도 강인한 모습으로 믿음을 주셨다.

그것이 얼마나 고된 일인지, 얼마나 큰 사랑인지
그때는 알지 못했다.

어머니는 어린아이한테만 필요한 게 아니다.
나이가 들어서도 어머니는 필요하다.
나이 든 자식한테 어머니는 정신이다.

오늘도 어머니가 그립다
어머니가 보고 싶다.

어머니 5

나는 매일 아침 서재에서
어머니를 만납니다

50년 전
그때 어머니와
그때 박이가 이야기 합니다

국화빵 굽던 젊은 당신과
뻥튀기 만들던 어린 내가 이야기 합니다

어려운 일도
슬픈 일도
힘든 일도 이겨냅니다

도란도란 이야기 나누며
세상살이 답은 찾았는데

아, 만질 수 없는 어머니
갈 길을 찾을 길 없는
어머니 향한
내 그리움

생각만 해도 가슴 저미는

어머니

2판 1쇄 발행 2017년 3월 31일
2판 3쇄 발행 2017년 5월 17일

지은이 이명박
그림 김점선

발행인 양원석
본부장 김순미
디자인 RHK 디자인연구소 남미현, 마가림, 김미선
해외저작권 황지현
제작 문태일
영업마케팅 최창규, 김용환, 이영인, 정주호, 박민범, 이선미, 이규진, 김보영, 임도진

펴낸 곳 ㈜알에이치코리아
주소 서울시 금천구 가산디지털2로 53, 20층 (가산동, 한라시그마밸리)
편집문의 02-6443-8842   **구입문의** 02-6443-8838
홈페이지 http://rhk.co.kr
등록 2004년 1월 15일 제2-3726호

ISBN 978-89-255-6144-8 (03810)